白鳥あずさ

フェイク・インフルエンサー

Fake Influencer

メテオラリー。

流星（meteor）と画廊（gallery）を合わせた造語。
ＳＮＳの投稿を一瞬の輝きである流星に例え、
それらがギャラリーのように並ぶアプリという意味が込められている。
現在、爆発的な人気を誇っており、世界有数のＳＮＳと言われている。
自分の写真を投稿し、その反応に一喜一憂する場所……。
そこでは、「どう見られるか」にのみ価値があります。
人は「美しくなりたい」のではありません。「美しく見られたい」のです
――白雪姫の女王のように。

Meteorllery

Contents

プロローグ　8

叶多編　15

褉太編　95

叶多編　105

褉太編　141

叶多編　147

褉太編　223

叶多編　233

爽崎編　281

叶多編　317

エピローグ　323

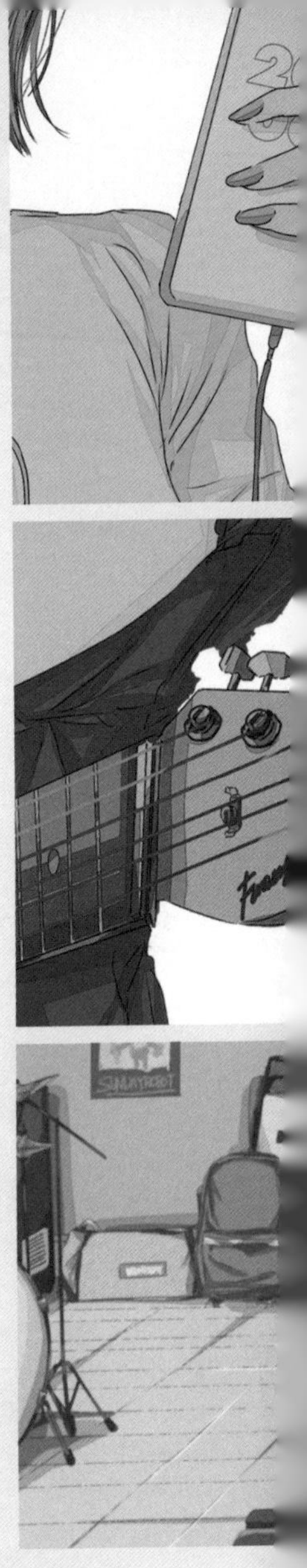

プロローグ

刑事さん。

そうです、間違いありません。あなたの考えるとおりです。……どうしました？　ひどく驚嘆しているご様子ですが。

まあ、無理もないでしょう。このまま黙っていたら、わたしは証拠不十分——無罪放免で、晴れてもとの生活に戻れた訳ですから。本来ならば息を潜め、ひっそりと時が過ぎるのを待つのが賢明な判断です。そんなわたしが、誰に強制された訳でもなく、自らの意志で警察署に出向いている……罪を認めるために。

不思議に思われるでしょう。あれほど頑なに罪状を否定してきたわたしが、このような行動をとることに。これまで刑事さんは、何とかわたしの風上に回り込み、先手を打とうとしてきましたね。まるで獲物を罠に誘い込むように……。

ですが、わたしは罠に掛かってここにいる訳ではありません。真実を語ろうと心を決め、胸を張って参上したのです。虚実の供述で刑事さんを振り回そうなどという考えも、もちろんありません。

——全ての事件の犯人は、わたしです。

間違いなく、わたしがやったことです。あの極悪非道なふたつの殺人——いかなる殺人も卑劣でしょうが、これほど無残なものはありますまい。まだ年端もいかぬ娘たちの若さを奪い、未来を奪い、夢を奪ったのは、わたしの欲に満ちた忌まわしき悪知恵です。ですので、彼女に罪はないのです。

爽崎《さわざき》刑事――あなたはまるで蛇のようにわたしに巻きつき、毒に潤う牙で問い続けてきました。

「禊太《けいた》さん、いい加減事件の真相を話してくれ」

そのセリフを、繰り返し……。

――真相。

わたしたちの間では度々、この言葉が飛び交っていましたね。

「あんたは一体、何を隠してるんだ？」

「刑事さん、わたしには何もないですよ。正真正銘、神に誓って潔白です」

「あんたの口から『神』なんて言葉が出るとはな。人を殺すだけでは飽き足らず、偽証の罪まで重ねようっていうのか？　では、俺が納得のいく嘘を聞かせてもらおうじゃないか。妄想は得意だろう？」

「……まるでわたしがパラノイアのような言い草だ」

「言い草じゃない、そう言ったんだ。白昼夢に浸る狂人め。頭の中のくだらん空想にのめり込んでいる。それが牢獄だとも気づかずに」

「心外ですね。そこまでおっしゃるのなら、本当の牢獄に入れてご覧なさい。わたしは牢屋の鏡の中にだって宇宙を感じられる」

「そうか。だが、それは残念だったな。刑務所に鏡はない」

「ああ……。ならば余計、ご遠慮願いたいものですね」

「どうして鏡がないか知ってるか？」

「それが現実だと気づかれないように」

「割れば破片が凶器になるからだ。お前みたいな凶悪犯には、鏡一枚も手渡せない」

血走った目でわたしを睨み、刑事さんは続けます。

「俺はこれまで何人もの凶悪犯を見てきた。牧野《まきの》のことは知ってるな？」

「カインとアベルのことは知ってますか？　兄弟殺し……人類最初の殺人」

「話を逸らすな。今回の事件で、お前の前に逮捕した強姦殺人魔だ。取り調べは俺がやった。この二件の殺人も牧野は最初『自分がやった』と言って聞かなかった。その嘘を暴いたのが俺だ。牧野はこれまでの人生で自分を軽視してきた『女性』というものに恨みを持っていた。ひとりでも多くの女を手に掛けることが、彼の自尊心を満たす唯一の方法だったのだ。だから、似たような事件を自分がやったと言い張り、数を水増ししようとした。見栄を張りたかったのだろう。被害者が若く美しいガールズバンドの一員とあれば、余計に箔が付く」

「…………」

「だが、俺はそれを見抜いた。牧野の虚言に振り回されて真実をうやむやにすることは俺の美学に反する。禊太さん、俺を甘く見ないほうがいい。俺は必ず真実を突き止める。直感するんだ、『こいつは何かを隠してるな……』と。その感覚が外れたことはいままでない。全てはもう明らかなのだ。さあ、真実を言え！」

唾液の雨を顔中に受けながらも、わたしは顔色ひとつ変えずにこう言いました。

「刑事さん」

「……このわたしが空砲に怯むとでも？」

その言葉に刑事さんは、鳩が豆鉄砲を食らったように一瞬顔を強張らせましたが、すぐに再び血気盛んな黒眼でこちらを睨み、眉間にぐっと怒りを込めました。

「何だって？」

「わたしは脅迫や挑発に乗せられる人間ではありません」

「脅迫などしていない。真実に誠実であってほしいだけだ」

「誠実ですとも、娼婦のように」

「禊太さん、あなたは被害者を二度殺した。一度目はその手で、そして二度目は真実を冒瀆することで。いま、目の前で起きた『殺人』に俺は黙ってなどいられない」

「デタラメな正義感が濃霧となって視界をぼやけさせているのでは？」

「ぼやけてるのはお前の心だ。異常者め」

「では、いまだにわたしがこれらの殺人——人気ガールズバンドCL⇅ROWN《クラウン》のメンバーが殺害された事件に関与していた、という証拠が揃っていない現実は、あなたの目にはどう映っているのでしょうか？　わたしの自白に頼る以外に、罪を立証することができない現実。……直感で人は裁けません。たしかにわたしはCL⇅ROWNにプロデューサーとして関わっていました。

全く売れずくすぶっていた彼女たちのあれほどの成功は、わたしがいなければ起こりえなかった。ですが、それはあくまでも職務。事件には関与していません」

わたしたちは幾多の言葉を投げつけあってきました。ですが、最後はいつもこの言葉で、爽崎刑事は不服そうに奥歯を嚙みしめながら黙り込みました。

わたしは知っていました。この殺人事件で、わたしからの自白以外に、罪を証明する方法など存在しないということを。なぜなら、わたしの殺意で起こした事件でありながら、その殺害方法はわたしと直接の結びつきを見出すことができないように計画したからです。

——完全犯罪。

罪を犯しながらも、捜査の手を免がれ、罰を受けることも贖罪することもなく社会の中で水泡と消えていく。

わたしが何も語らなければ、いつかこの事件は完全犯罪と呼ばれるでしょう。

爽崎刑事。

誤解しないでください。わたしは今日、種明かしをするためにここに参った訳ではありません。これはミステリー小説ではなく、現実なのです。犯人と手法が明らかになれば終わり、という話ではありません。

また、正義などという曖昧で不確かな観念や、社会的通念を立証するためにここに来た訳でもありません。いずれにせよわたしの人生は今後も淀みなく続きます。これは、あなたに全てを打ち明けることが、自分自身の重要な責務だと考えての行動です。

誰のためでもなく、わたしのために……。この事件の真相を、お話しします。

叶多編

ハウリングが耳をつんざいた。

ムスタングのピックアップとスピーカーが共鳴し合い、キ――ッ！　という金属音のようなフィードバックが、狭いスタジオの壁中に反射して私の鼓膜を突いた。

その瞬間、すぐさまバスドラムがリズムを刻み出した。ドン、ドンという打撃音が炸裂し、骨髄を振動させる。そしてクラッシュシンバルと同時にベースとギターの弦が弾かれた。低音がグリグリとうねり、高音域の連譜が鼓膜に叩きつけられる。

やがてキーボードが和音を鳴らすと、バンドサウンドが強烈な求心力として一気に機能しはじめた。叩き出される怒濤のビート。きらびやかな響きを伴った爆音が凄まじい速さで轟く。

壮絶な音の波を眼下に見据えながら、私はマイクに向かって声をあげた。

「あああああああ！」

ハイトーンボイスが足先から頭のてっぺんまで一気に駆けあがっていくのを感じた。爆音の大波を歌声が突き抜けていく。ハーモニーがガッチリと寄り添い、異形ともいえる五人のアンサンブルが瞬く間に形成された。

メロディと爆音の高揚感がメンバー全員の細胞を刺激する。轟音に飲まれて自律神経が麻痺し、意識がぼんやりとしてくる。

だが、その瞬間。私はスタジオの壁に設置されている全身鏡に目を奪われた。

――ああ。鏡見るの、苦手だな……。

ふと、そう思った。

昔からそうだった。

かといって、全く見ないように毎日を過ごしている訳ではない。むしろ逆で、暇さえあれば鏡を見ている。

きっと自分に自信がないから、こうなのだ。何度も鏡を見たり、メテオラリーのフォロワー数やいいねの数で自分の価値を認識していないと、気持ちが落ち着かない。

にもかかわらず、この行動は『自意識過剰のいけ好かない女』と周りから思われがちである。

そして悲しいかな、こういった勘違いをしているのは、何も赤の他人に限った話ではなかった。

「あーもう！　叶多《かなた》ったら！　また自分ばっか見てたでしょ！」

その言葉にハッと私の意識が戻った。

いつの間にか演奏が止まっていたようだ。声がしたほうに目をやると、ドラムスティックを回して文句を垂れる有野真理子《ありのまりこ》の姿があった。他のバンドメンバーは苦笑いをして、私、大家《たいけ》叶多のほうを見ている。

「マイクの音量デカすぎ！　タテもずれてるし……周りの音、ちゃんと聴いてよ！」

「え……あれ？　そんなにやばかったかな？」

「はー!?　本当に気づかなかったの？　ありえないんだけど」

そう言って、真理子は「はあっ」と大げさにため息をついた。

勝気で思いやりも気遣いもない……獣のように本能のままに生きる真理子は、私とは全く別のタイプの人間だ。大学一年になって四ヶ月も経つのに、精神年齢は五歳児のままだ。おそらく死ぬまでそうなのだろう。一六八センチの長身で、スッと通った鼻筋にシャープなつり目……黙っていれば美人なのだが、口を開けば怪獣の子供そのものである。

ただ、この「黙っていれば美人」というのが真理子の最大の武器でもある。写真写りが非常に良く、メテオのプロフィールも『19／大学生／dr』としか書いていないにもかかわらず、フォロワー数が三千人もいる。周りの友達からもその点で重宝されているようで、真理子と写真を撮り、タグ付けして投稿してもらえばそれだけでフォロワーが増えるのだ。

もし、この口の悪さが写真で伝われば、真理子のフォロワーなんて一気に減ってしまうだろう。写真はそういった意味で、真実を写すことはない。もしかしたら、ここまで攻撃的なのは私に対してだけかもしれないが……。

「前から思ってたけど、よくそのレベルでバンドしようって思ったよね。逆に尊敬するわ。私だったら辞めちゃうね」

「……はいはい」

私は彼女に聞こえないように、小声で返事をした。

はじめは彼女の言動にフラストレーションを溜めていたが、最近は聞き流すことを覚えた。子犬の遠吠えだと思えばなんてことはない。いや、ただうるさいだけなのだから、セミの鳴き声のほうが近いか。いずれにせよ、ただの騒音だ。無視しておけば大したことは……。

「歌詞も間違えてたし、ギターの音もパッとしないし、リズム感も全然ないし、音程もズレてるところあったし……。あんた、ほんっと終わってるわ」

カチン、と私の頭の中で何かが弾けた。熱いマグマが脳天から噴き出るように、私は声を荒らげた。

「は？　いま、終わってるって言った？　黙って聞いておけば……真理子こそ、その性格直したほうがいいよ。人の気持ちを考えられないなんて、人間として終わってる」

「何？　私は事実を言ってるだけなんだけど？　自分の落ち度を認められないほうが……」

「はいはいはーい、そこまで！」

ベースの加賀綾《かがあや》が、手をあげて私たちの言い合いを止めた。

「喧嘩するなら練習が終わってからにしてよ。スタジオ代もったいないでしょっ。渋谷まで来てる私の身にもなってよねえ、全く」

彼女のひと言に、真理子はムッとしながらも口を閉じた。綾は真理子とは付き合いが長いからか、その扱いも手慣れたものだ。

ふたりはそれぞれ高校生の時から音楽活動をしていて、バンドコンテストで知り合ったという。童顔で小柄ながらも豊満な体つきをしている綾は、これまた真理子とは相反しそうな雰囲気である。だが、大学に入っても連絡を取り合っていて、しかもこうして同じバンドをしているのだから、ふたりにしか分からない、何か通じ合うものがあるのだろう。

綾はぱっちりとした二重に細長い顎という、小動物のような愛らしい顔立ちだ。そのうえ意外とグラマーな体をしているので、メテオを定期的に更新すればフォロワーが増えると私は勝手に思っている。だが、綾自身あまりそういうことに興味はないようで、いまはリアル友達のみの、三〇〇人程度の相互フォローをしているだけだ。

押し黙った私たちを見て綾は満足げに頷いた。

「よし。じゃあ練習再開っと。えっとじゃあ、頭からいく？」

「ちょっと待ってください。叶多、サビの途中の音程を一回確認しましょう。さがりきっていませんでした」

キーボードの苑田《そのだ》そよかが、白く細い指で鍵盤を叩いた。一七〇センチのすらっとした長身に、爪の先まで神経が行き渡っているような指遣いは、それだけでも彼女の育ちの良さがうかがえる。

ぽんぽん、とミの鍵盤を押して、そよかは続けた。

「一回声出してみてください」

言われたとおりに、私は軽く「あ――」とミの音を出す。たしかに、ややうわずっていた。

「駄目、もう一回」

ピシャリとそう言って、次はムチを打つように力強く鍵盤を叩く。

ドイツ人の母と日本人の父の間に生まれた彼女は、絵画のように整った顔立ちをしている。くっきりとした目鼻立ちに厚い唇。抜けるように白い肌は神話に出てくる天使のようだ。

社長令嬢のひとりっ子で育ちも良く、音大でピアノ専攻の一年生。これまた私とは全く違う人生だ。普通に生きていれば、街ですれ違うことすらなかったかもしれない。

そよかと知り合ったきっかけはメテオだった。たまたまフォローしている知り合いがあげた投稿に、彼女の練習風景がアップされていたのだ。あまりのキーボードのうまさに、私はタグ付けされたアカウントにすぐメッセージを送り、バンド加入に至ったという訳だ。

彼女は真理子に負けず劣らずの美貌の持ち主だが、やはりSNSには興味がないようで、綾と同様、メテオはリアル友達のみに公開のアカウントとなっている。

「あ――――、あ――――、あ、あ、あ――――」

声質を微妙に落としながら何度か出していくと、キーボードの音の上にふっと着地した感覚があった。

――ここだ。

はっとそよかのほうを見ると、彼女はにこりと微笑んだ。こういう時、私は歌が好きなんだな、と実感する。

「……ギターソロの入りなんだけどさ」

突然、アンプのほうから声があがった。目をやると同時に、ギター担当の木栗《きくり》深雪《みゆき》がフットスイッチを踏み込み、ピックで弦を弾いた。きらびやかなグレッチの高音弦が、スタジオ内を縦横無尽に駆け巡った。流れるように指を動かし、音を走らせていく。凄まじいテクニックだ。

私がこのバンド――CL⇅ROWNを発足したきっかけが深雪だった。幼なじみが深雪と同じ大学で、紹介してもらったのだ。

凹凸が少なく、くせのない顔つきで表情に乏しい。一見、暗い子なのかな……と思うかもしれないが、深雪の服装は何とゴシックロリータなのだ。

全身が黒で統一され、フリルやレースで彩られた服に、ブーケをひっくり返したようなスカート。赤や青といったインパクトの強いカラコンを日替わりでつけたり、時には左右で色を変えたりしている。ロングの黒髪にはヘッドドレスをつけていて、まるで絵本の中から飛び出てきたように個性的である。

深雪は高校時代にこのスタイルに目覚めたそうだ。部活で柔道をしており、二段まで取ったのだが、ずっと男の世界に浸っていた反動で、極端に女の子らしい可愛さを求めるようになったという。

彼女のメテオはゴスロリファッションをアップするアカウントとなっていて、五千人のフォロワーがいる。同じようなファッションを好む相互フォローの人もいて、そこから友達になることも多いらしい。

そんな格好で、エレキギターの中でも断トツに大きいボディのグレッチギター――それも、真っ黄色に塗られた一二〇周年記念アニバーサリーモデルを、あのような超絶テクニックで掻き鳴らすのだから、インパクト抜群のメンバーだ。

CL⇅ROWNは、まず私と深雪でバンドを組むことを決め、それから綾、真理子、そよかとメンバーが揃っていき、現在の体制となった。

深雪は二小節ほどでピタリとギターを弾く手を止めた。

「……これと、もうひとつが……」

再びピックに力を入れた。次は、大きく右手首を動かしてストロークをする。ジャッジャッとガラスを踏み割るような音がこだました。複数の弦を同時に鳴らし、バッキングを崩した奏法をしているようだ。リズミカルなフレーズが耳に心地いい。

職人気質の深雪は、真理子や私のように練習中の無駄話を一切しない。口を開くのはこうした曲作りに関することを言う時か、バンドサウンドを詰めている時くらいである。

こちらもやはり二小節ほどで演奏を止めた。

「……どっちがいい？」

私が感想を言おうとすると、

「最初のほうがいい」

と真理子が言った。

「私もそう思います」

そよかも続く。

「この曲のメロディは、短いフレーズを繰り返し使ってますから。ソロで音域を増やしたほうが、広がりが出るかと」

その言葉に、深雪はウンウンと頷く。

「……なるほどね。作曲者に言われたら納得」

CL⇅ROWNでは作曲担当は私かそよかだ。どちらかが持ってきた曲を、こうして全員で合わせて楽曲として完成させていくスタイルをとっている。

といっても、持ち曲の八割はそよかの作曲である。私は曲を作るスピードが遅いので、彼女の作曲技術にはかなり助けられている。

今年の四月中旬に結成してもうすぐ四ヶ月。浅いキャリアながらしっかりライブ活動ができているのも、彼女が楽曲を量産する能力に長けているからだ。

ちなみに作詞は全て私がしているが、彼女のあまりのペースの速さに「曲はあるが詞ができていない」というケースが度々起きる。だが、そよかは私の遅筆を責めたことは一度もない。私が気にしていると「大丈夫です。叶多は芸術家ですから」と、決まって笑顔を見せてくれるのだ。これからも彼女の理解に救われ続けるのだろう……そよかがバンドを続けてくれる限りは。

「じゃあ、間奏のギターソロの部分だけやりましょうか」

そよかのアイコンタクトで、ドラムのカウントが始まった。私は慌ててギターのコードを押さえた。ネックが吸い付くように手に馴染む。一九六六年製の赤いムスタングは、写真写りが良いというだけで選んだのだが、ヴィンテージギター特有のふくよかな低音は、いまではこのバンドのバッキングになくてはならない音となった。

CL⇅ROWNは全員がまるで違うタイプのメンバーである。共通点といえば、五人とも今年十九歳という年齢くらいで、大学も違うし（私に関しては大学に行っていないし、高校も通信制だ）、出身地も生活環境もそれぞれ違う。私と深雪は上京してきてひとり暮らしだし、綾とそよかは実家暮らし、真理子に至っては実家が都内なのに、何故かそのすぐ近くでひとり暮らしをしている。親に縛られるのが嫌だと言っていたが、両親を早くに亡くした私からすれば、贅沢な悩みだなと思う。

私以外の全員が音楽経験者で、結成して一週間後には初ライブをした。そこから週に三回のスタジオ練習、月二回程度のペースでライブを重ね、明日……八月三日のライブで八回目になる。CL⇅ROWNはロック主体のオリジナル曲をインターネット上でいくつも発表していて、いま作っている新曲もライブ映えするアップテンポなナンバーだ。

バンド名には、Crown（王冠）とClown（道化師）というふたつの言葉を入れ、『観客を楽しませてトップをとる』という意味を込めた。また、矢印で結ばれているLとRには左と右——シンメトリーというモチーフも入っており、表裏一体というワードが裏テーマとなっている。

全く違うタイプの人間たちが、音楽を手掛かりに繋がっている——だからこそ、こうしてCL⇅ROWNとしての活動をはじめることができたのだと思う。

そよかの作曲スキルがなければ結成してすぐにライブなんてできなかっただろうし、真理子と綾には演奏はもちろん、高校時代のバンド経験や人脈にも助けられている。それに、そもそも卓越した技術を持つギタリストの深雪が、私の歌を気に入ってくれなければ、このメンバーとこうして音を合わせることもなかった……そう思うと、込みあげるものがある。感慨深さで、余計に演奏に気持ちが入った。

何より、五人のメンバーが皆、それぞれ信頼し合った関係を築けていることが嬉しい。だって、私のことも……。

と、その時。再び目の前の鏡に映る自分と目が合った。このスタジオは壁一面が鏡張りになっており、機材のセッティングはそれに向かい合う形でなされていた。もともとバレエやダンスレッスン用につけられたらしいのだが、私たちも客席からの見え方を確認したいので重宝している。

中央にはギターボーカルである私が立ち、上手にはギターの深雪、下手にはベースの綾とその後ろにキーボードのそよか、私の真後ろにドラムの真理子。初めてこのスタジオを使った時は、メンバー全員が胸を躍らせ、自分たちの佇まいにうっとりとしたものだ。

めかし込んだ自分に魅入る衝動に襲われる時、私は決まって白雪姫の女王を思い出す。「鏡よ鏡、この世でもっとも美しいのは誰？」と魔法の鏡に問い掛け、「それはあなたです」という返事に満足する女王――幼い頃は鼻で笑っていた彼女の気持ちが、いまは分かるような気がした。

――もし、この鏡が魔法の鏡だったら。

私は心の中で聞いてみる。

『鏡よ鏡。この中でもっとも美しいのは、誰？』

返事は決まっている。それはきっと、マイクの前に立っている……。

「叶多！」

突然演奏が止まり、再び後ろから真理子の声があがった。

「もー！　ギターのコード間違ってる！　自分のパートくらい頭に入れててよね！」

「あ、あれ？　あー、あははは。そうだった、ごめんごめん」

私はかわいた笑いでごまかした。やばい、集中力がとぎれていた。

そよかが前髪を掻きあげて言う。

「まあ、ちょっと練習詰めすぎましたね。休憩しましょうか」

「賛成っ！　良かったぁ。肩が外れるかと思った。ベースって本当重いんだよお」

泣きそうな声で綾がベースをスタンドにおろした。たしかにギターの中でエレキベースがもっとも重い。中には軽く作られているものもあるが、彼女は頑なに重い楽器を選んでいた。「重ければ重いほど音が良い」というのが綾の信条で、ベースに限らずケーブルなどの周辺機材も重量基準で選んでいる。あの細い肩にホワイトアッシュという、とくに重い木材でできたプレシジョンベースを掛けているのだ。六キロはあるだろう。一九七六年製の黒いボディは、男の体でも少々持て余すかもしれない。

「お疲れ様。大変ですねえ」

と、そよかが彼女の肩を揉む。バンドを結成してから四ヶ月、いつの間にかこれが休憩時間のお決まりの光景となっていた。

私はスマホを取り出し、カメラを起動した。インカメラに切り替えて、肩揉み中のふたりを背景に、ウインクする自分の顔を撮影する。パシャ、とスマホのスピーカーから出た撮影音につられ、全員の意識がわずかに私のほうに向いたのを感じた。腕を伸ばしてストレッチをしていた真理子はその動きを止め、チラリと私のほうに視線をやる。『いま、カメラを向けられていたのは自分なのか？』という確認をしたいのだ。

この独特の緊張感に、私はいつも妙な気まずさを覚える。何故か罪悪感を覚えるのだ。それを振り切るように、写真の加工作業に没頭する。お気に入りのフィルターで彩度のバランスを調整していくと、すぐに見栄えの良い写真に仕上がった。

極楽気分に目を細める綾と、少々歯を食いしばって力を入れている様子のそよか。画面の端では私がカメラ目線でウインクしていて、まるで動物園の案内人のようにも見えた。ふたりの雰囲気がどこか滑稽で『皆』が見たらどんな反応をするだろうと、つかの間の夢想に浸る。

私のいう『皆』とはこの場にいるメンバーのことではない。メテオのフォロワーのことである。もちろん顔は見えないが、それでも喜んでいる表情が目に浮かぶ。私は早速、この写真を投稿してみた。すると瞬く間にいいねや賞賛のコメントであふれていく。

次々に鳴る通知音に真理子は、

「流石、フォロワー三万人のアカウントは伊達じゃないねえ」

と、からかうように言った。私はそれを無視し、通知音が鳴らないようにマナーモードに設定する。

投稿を見たのだろう、綾がスマホ片手にムッとした顔になる。

「ちょっとー！　私の顔やばいんだけど！」

「そう？　超いい顔してるじゃん」

私は笑みを浮かべる。

「いやいやいや！　これは駄目だって！　消してよー」

「無理ー。皆喜んでるもん」

それに私の顔がバッチリだし――という言葉はすんでのところで飲み込んだ。そよかも画面を開いて言う。

「えー、私の顔も結構酷くないです？」

「大丈夫、可愛い可愛い」

困ったような表情を浮かべてはいるものの、そよかに綾のような拒否反応はなかった。ＯＫサインである。

「ねえー、本当に消さないのー？」

まだ食いさがる綾に、真理子が代わりに答えた。

「バカ。消す訳ないじゃん。叶多が盛れてるんだから」

私は返事をする代わりに真理子をキッと睨んだ。

その瞬間、横でシャッター音が鳴った。目をやると、綾がこちらにカメラを向けている。

「え。撮った？」

「あー、これはやばい」

言いながらスマホを真理子に渡す。すると真理子は一瞬目をかっと見開いた後、堰を切ったように爆笑しだした。

「あははは！　やばいやばい！　めっちゃ盛れてる！」

「ちょっと、何？　見せてよ」

私がスマホを奪おうとしたが、直前でさっと綾が取り返す。そして、何やら操作をはじめた。メテオに投稿するつもりなのだ。察した私が、

「え、待ってよ！」

と制止の声をあげた時にはすでに遅く、

「はい。さっきの仕返し」

と、綾は投稿後の表示をこちらに向けた。そこには、半分瞼が閉じた状態で白目を剝いている私の顔が、画面いっぱいに写されていた。ズームで撮っているため、画質が荒いが、それがまた一層奇怪さを際立たせる。

「は!? 最悪！ 何やってんの！」

慌てる私に、綾は勝ち誇ったように言う。

「私も同じことされたんだからねー。自分がされて嫌なことは人にもやらない。分かったー？」

「もう！ 分かったから早く消して！」

駄々っ子のように怒る私を、からかうような表情で見る綾。そのやりとりを見ながら、深雪は淡々と言った。

「……大丈夫。投稿したのはデュテオラリーのほうだから」

「もー。深雪、それ言わないでよー」

綾の言葉を聞き、私はホッと胸をなでおろした。

デュテオラリーとは、メテオで綾が持つもうひとつのアカウントのことだ。ＤｕｏとＭｅｔｅｏｒｌｌｅｒｙを合わせた造語で、表向きに不特定多数へと発信するものとは別に、信頼できる友人だけに公開するアカウントである。『鍵アカ』や『裏アカ』と呼ばれたりもする。

そこで綾は、公の場には投稿できない素の写真を共有している。私の酷い顔はその典型だが、他にもただご飯を食べているだけの写真や、買い物中の様子など、より日常に近い投稿をするために使っている。

私たちはそれぞれデュテオアカウントを持っており、状況によって使い分けている。もちろん、心を許せる人以外には見えないようにし、それ以外の人たちには非公開の状態だ。だから私のあの醜い表情は、綾の本当に仲の良い私たちメンバーを含む友人数人にしか見られない、という訳だ。

安心した私を見て、綾は露骨に不満げな表情になる。

「全く。世界中に変顔を発信された私の気持ちも考えてよね」

「世界中はちょっと大げさな気が……」

「何言ってるの。誰が見てるか分かんないんだからね？　もしかしたら、海外のビッグアーティストが見つけて、私たち拡散されていきなりスターに……」

綾の、愚痴を通り越したシンデレラストーリーに、真理子が呆れる。

「ないない。ああいうのは全部、裏で仕組まれてるに決まってるじゃない」

「え？　そうなの？」

「そうよ。海外の有名人って、何千万人ってフォロワーがいるのよ？　あそこまでいったら、個人の意思で勝手に呟けるものじゃないんだから。『この缶コーヒー、あんまり美味しくなかった』って投稿しただけで、その会社の株価がさがったりするのよ？」

「そんなに!?」

「それだけじゃない。そしたら営業妨害として訴えられて、損害賠償問題になるかもしれないでしょう？　店や会社が潰れるかもしれない。ひとつの呟きだけで、そこまでの話になっちゃうんだから」

綾の驚く反応に、真理子は得意げになっていく。

何千万人のフォロワー――そこまで有名になれたら、どんなに良いだろう……。私のフォロワー三万人だって、結構多いほうだという自負があるが、こうやって上を見れば自分がいかに小さい存在か思い知らされる。ＣＬ⇅ＲＯＷＮにも少しずつファンがついてきているものの、まだまだ遠く及ばない。もっと有名になるには、どうしたら……。

「あ、そういえば」

深雪が独り言のように言った。

「……『Ｅｒｒｏｒｍｉｎｄ』のＰＶ《プロモーションビデオ》、一応できたけど」

おー！　と全員から声があがった。

ＰＶを作ってインターネットにアップしよう、というのは私たちＣＬ⇅ＲＯＷＮの最初の目標だった。コツコツと撮影を続け、つい二週間前、予定していた映像を撮り終えたのだ。これで、より多くの人にＣＬ⇅ＲＯＷＮの音楽を届けることができる。

私ははやる気持ちを抑えられなかった。

「深雪、いま見たい！」

「え、練習が終わってからでも……」

「やだー！　だって、まだ後一時間もあるんだよ？　その間ずっとモヤモヤしながら練習しなきゃいけないじゃん。そんなの無理だもん！」

「また間違えそうだしね」

真理子の茶々に、私はふんっとあざとく頬を膨らました。カメラを意識していたのだが、あいにく今度は誰も写真を撮っていなかった。

「分かった。スマホに入れてきたから、皆集まって」

床に座る深雪のもとに、タタタッと皆が寄る。顔を寄せ合い、彼女の手元に視線を向けた。サッサッと人差し指で画面を操作して、深雪は動画ファイルを読み込んでいく。

時間にして数秒だったが、私にはじっとりと長く感じた。他のメンバーも同じように表情が固い。楽しみな気持ちもあるが、それ以上に不安が勝った。

「……じゃあ、再生」

深雪の言葉に、誰も返事をしなかった。彼女はその様子を気にも留めない様子で、ごく軽く画面に触れた。

動画がスタートした。曲名である『Ｅｒｒｏｒｍｉｎｄ』の文字列を背景に、画面いっぱいにまず私の顔が写り、こちらをじっと見据えている。そして、大口を開けてしっとりと歌いはじめた。潤んだ目で声を放つその表情は、曲のテーマである死と愛を象徴するような、強い思いに満ちたものだった。

しんとした静けさがざわめきだした
ひしめく青葉が白く浮かんだ
風が死んでいた　月は優雅な傍観者だ

あなたの優しさ　何にもならなかった
貼りつけた笑顔　いつも損ばかり
裏切る度胸もなかったんでしょ？

そこから、バンドロゴが画面いっぱいに表示されたかと思うと、次の瞬間からカメラは一気に引いて、激しいバンドサウンドへと切り替わる。薄暗い倉庫の中で円を組んで向き合い、メンバー全員が一心不乱に楽器を掻き鳴らす。

私は真っ白なワンピースを着ていて、他のメンバーは黒いシャツに黒いスラックス姿。モノクロに統一された中で、ただひとりだけ白い服装の私に、視線が集まるような構図になっていた。ファッションの知識に精通している深雪のセンスが光る。

天井からぐるりと回転しながら撮っている画《え》が現れたと思いきや、スネアドラムの接近カット、鍵盤のアップなど、目まぐるしくカットが変わる。その中で、画面の右や左に次々と歌詞のフォントが現れていく。

あなたがエラーだったのよ　やっと気づいた
一緒に星に……星になるなんて
わたしがすると思う？　そんな空しいこと……

深雪の細い指が指板を滑らかに流れ、綾は華奢な掌をベースに叩きつける。髪を振り乱してキーボードを引っ掻くそよかの後ろで、真理子のスティックが円を描いてシンバルの芯を捉えた。
唐突にブレイクを挟んで映像が静止する。かと思えば間髪を容れずに私の口元が前髪の隙間から現れ、かすれた中音域がそれまでの空気をぱっと一新させる。
次々と変わるカットと、荒々しいフォントの言葉たち。畳みかけるようなブレイクのたびに映像が止まったり、突然真っ白になったかと思えば次の瞬間に場面が変わり、静かな夜の浜辺を五人がゆっくりと歩く姿が現れる。静と動の尋常ではない緩急が、そのまま生と死を表現しているように感じられた。

Ｅｒｒｏｒｍｉｎｄ　あなたを手放した
どうして生まれたんだっけ？
そうだ　笑いたかったんだ
誰かのために生きる
できる訳ない　そんなこと

Ｅｒｒｏｒｍｉｎｄ　あなたを失った
あれからあなたには会ってない
ただ　あなたにさよならを告げる方法は
いまだに分かっていない

圧巻の映像だった。私たちはただ言葉を失い、次々と大挙するカットに感情が追いつかず、ただ、激情に押し流されていく。

とくに印象的に映されていたのは――自分で言うのも何だが――私の顔で、モノクロで統一された映像の中に、意表を突くように彩度の豊かな表情が見え隠れする。この動画を見た人のほとんどが、私のイメージをそのままバンドイメージとして持つだろう。今風の可愛い見た目と、その風貌からは場違いなほどにディープなロックサウンドという、バンドの方向性をも提示できている。

初めてのＰＶとしては完璧ではないだろうか。

動画の再生が終わると、深雪は誇らしげな表情でこちらを見た。

「……どうかな？」

言葉にしなくても、返事は決まっていた。更に全員がそう感じているという確信があった。

「最高だった！　文句なし！」

私の一声に、他のメンバーも口々に賛同する。そよかは目を赤くして拍手し、真理子は思いっきり深雪に抱きついた。勢い余ってふたりとも床に倒れたが、それが余計におかしかったのか、どちらともなく大声で笑った。

綾も鼻息を荒くして言う。

「ねえ、早く練習しようよ！　明日のライブ、絶対うまくいくよ！」

返事も待たずに彼女はさっと素早くベースを肩に掛けた。さっきまであんなに重そうにしていたのが嘘のように軽々と持ちあげる。他のメンバーも笑顔を見せながらも、それぞれが気持ちの昂りを抑えられないように目をぎらつかせていた。

それは私も同じだった。ギターを持ち、鏡の前に立った私の目つきは、さっきまでのぼんやりとしたものとはまるで違っていた。

——もしかしたら、これから凄いことが起きるかもしれない。

音楽への確信が、私の魂を炎で燃やした。

※

このメンバーで初めてスタジオに入った時のこと。

四ヶ月前……まだ私もいまのようにスタジオ慣れしておらず、皆、顔色をうかがいながら楽器を手にしていた。スタジオに入る直前にカフェに五人で集まり、改めて顔合わせと自己紹介をしたのだが、軽食を済ませドリンクも飲み終わり、入って一時間が過ぎてもどうも話が盛りあがらなかった。

深雪はすでに飲み終わったアイスコーヒーの、氷の溶けた水をちびちびと吸っていたし、真理子はスマホをいじりだし、そよかも気まずそうに毛先を弄んでいた。その微妙な空気は、綾から、「と……とりあえずスタジオに入らない？」という提案が出るまで続いた。私たちはそのへんちくりんな空気の中、予約していたスタジオへと向かったのだった。

このメンバー、大丈夫かな……。

歩きながら不安になったのをよく覚えている。

その三日前に、私と綾と深雪は三人でスタジオに入っていた。その時はちゃんと楽しい時間を過ごせていたのだ。つたない中にも手応えを感じてくれた綾は旧友の真理子を誘ってくれた。

そよかも私のＤＭに応えて、誰も知り合いがいない中でその日は来てくれていたし、息の合う集まりになるかなと勝手に思っていたのだ。だが、あまり会話は弾まないし、それぞれどこか居心地の悪そうな感じが出ていたので、言い出しっぺの私は余計にバツの悪い思いに駆られた。

だが、その不安が杞憂であることに、すぐに気づかされる。

スタジオに入りセッティングを済ませ、私が軽く音鳴らしをしようと声を出した瞬間、

「あれ、マイクもう入れてくれたんですか？」

と、そよかがこちらを見たのだ。スイッチは彼女の一番近くにあるので、そう言ってからミキサーに目をやった彼女は、驚愕した表情を浮かべた。

「え？　……マイクのスイッチ、入ってません」

そのやりとりを見ていた真理子は引きつったように目を見開きながらも、唇でにやりと笑いながら言った。

「これはまた……綾、やばいボーカル、見つけてきたね」

「私じゃなくて、深雪がね」

綾は笑顔で答え、深雪をちらりと見た。

当の深雪は何も言わず、ギターの開放弦をジャーンと鳴らした。そして、先ほどまで神経質にいじっていたはずのトーンコントロールノブをバッと手のひらで撫で、全ての設定を右いっぱいにあげた。フルテンだ。

繊細で綺麗だった音質が、一瞬で荒々しく、そして信じられないくらいの爆音になった。

「わー！　やっばー！　すっげー音！」

アンプスピーカーから炸裂した音に、真理子は仰天しながらもきゃはは っと手を叩いて喜んだ。かと思えば、目をギラリとさせてスティックを持ち、バスドラムを踏み込んだ。ドンッ！　と低音のアタック音が床板を震わせ、アッパーのように下から骨を震わせた。その打撃音はオープンシンバルのけたたましい金属音とともにアップテンポのリズムを刻みはじめる。

すぐに反応した深雪は、リズムに合わせて爆音のまま高速のカッティングを刻んでいく。先ほどまで部屋中に飛び散っていた爆音が一瞬のうちにまとまり、ギラギラとした鋭い高音域となって針のように室内の至る所を突き刺す。

「ちょ……ちょっとー！　何なのこれー！　知らない曲なんだけど！」

あたふたと戸惑っている綾を尻目に、何かに気づいた様子のそよかがゆっくりと鍵盤に指を置いた。

――即興セッションがはじまったのだ。

激しい深雪と真理子の音のぶつかり合いに相反するような、ゆったりとしたふくよかなコードバッキングをそよかは弾く。まるで彼女らとは真逆のスタイルに思えるそよかの中音域は、むしろ深雪の熱が入り過ぎて無秩序になりかけている和音の進行を、ぎりぎりのところで音楽として成立させていた。13th、9th等のテンションノート、変形コードやモーダルインターチェンジを巧みに使い分け、スケールアウトしてしまった音さえも高度な理論展開へと一瞬の判断で消化していく。

それはまるで、ルール無視で殴り合っているふたりの間に入るレフェリーのようだった。

そうしてしばらく三人の凄まじい轟音に圧倒されていた綾だったが、突然ハッとしてベースのフレットに指を掛け、四弦を掌で叩いた。

弾け飛ぶようなスラップ音が全体のサウンドを一気に引き締め、グワリとグルーヴがうねりはじめた。ずっしりとした低音が真理子のダイナミックなバスドラムに感情を与え、フロアタムと共鳴し、地獄の底から湧きあがってくる亡霊の呻き声にも聞こえる。

綾のベースが超低音でルートを刻みはじめた瞬間、全体の音がまるで、巨大で得体の知れない生き物が突然現れ、ゆっくりとあたりを徘徊しているかのようだ。

──凄い、凄すぎる。

これがバンドの音？　一人ひとりの出す音が複雑に絡み合い、雲を突き抜けて上昇していく。まるで龍のように、凄まじい速度で。

啞然としていた私だったが、ふと視線を感じた。そちらを見ると、そよかが顎をしゃくって私に合図をした。

──叶多も入って。

「え……？」

でも……。私なんかが入っていいの？

おどおどと周りを見回すと、メンバー全員がこちらを見てにこりと笑っていた。サウンドは相変わらず竜巻の起きた大海原のような音圧だ。

だが、その中に一瞬切れ目が入ったような気がした。そしてその切れ目は私の足元からすっと伸び、やがて荒れ狂う大海に果てしない一本の線が走る。

その線は少しずつ海に割れ目を作り、モーゼが割った海のように左右に割れて一本の道が現れた。まるで私の歩く道を示しているように……。

瞬間、ハッとした。

これはついさっき、綾が見たのも同じ景色だったのではないか？　彼女も同じように皆の音に圧倒されながら、その中で自分の場所……自分が行くべき道を見つけたのだ。

私はふっと息を吐いた。頭を真っ白にし、全身に襲い掛かる音の荒波に身を委ねた。そして、目を閉じ、海の真ん中に開かれた道へ一歩踏み出すように、マイクの前で声を張りあげる。

「ああああああ！」

その瞬間、一気に世界が変わった。

黒い荒波だと思っていたものが真っ白な追い風となって私の背中に吹いた。その力は私の体を軽く持ちあげ、大海原のはるか上へと飛ばしていく。

「ああああああああああああ！」

再び声をあげた。脳内であらゆるアドレナリンが噴出する。気がつけば、目の前で暴れ回っていたあの竜巻が私の背後にある。白い風に飛ばされていく私に付き従うように、すぐ後ろをついてくる。

そよかのピアノが高音域をさらりと弾いた。私はそれに反応して同じ音を発する。二度三度と同じ掛け合いをしていくうちに、そよかのメロディと私の歌がシンクロしていく。彼女がどんなメロディで私の歌を導きたいのか、音を発する前に感じ取れるようになってきたのだ。そしてそれはひとつの美しい旋律を作りあげていった。

真理子と深雪は目を合わせ、複雑なブレイクを次々と決めていく。ナイフでザクザクと切っていくような鋭いブレイク。休符の連続でも全くグルーヴが止まらない。それどころか、更に勢いを増して塊のように転がっていく。

ふたりを扇動しているのは綾だ。彼女のベースがずっしりとサウンドの肝として機能しているため、ドラムとギターがどれだけ暴れ回っても破綻しない。

むしろ、綾のコンピュータのように正確で均衡したリズムの限界を測ろうと、真理子が無茶苦茶なアクセントを吹っ掛けているようにも見える。深雪も触発され、スケールを外した和音やエフェクトノイズをキメの要所に撃っていく。だが、どんな和音でもそよかが対応し、どんなリズムでも綾が対応して、強靭な音楽へと作りあげてしまうのだった。

その狂気ともいえるセッションの中で、私の声は煌びやかな主旋律を担う。時折そよかがピアノの高音域で合図し、それに合わせて私は次々とメロディを紡いでいく。歌詞はない。ただ、めちゃくちゃな英語や言葉にもなっていない歌で、この混沌の中に光を差し込む。

荒れ狂う大海に天から降り注ぐ一筋の光。全てのものを美に変え、世界の存在そのものを肯定する救いの光……。

こうして初めて入ったスタジオで、音合わせした瞬間にできてしまったものが、『Ｅｒｒｏｒｍｉｎｄ』の原型だった。セッションを終えた私たちは気持ちの昂りに満たされた表情で顔を見合わせた。

言葉にしなくても、皆それぞれが頬を上気させ、興奮のあまり息を熱くさせていた。それぞれがこのバンドの有無を言わさぬ実力への確信を持ったのだと、強く感じた。

作詞は私が担当することになった。そよかは私の歌詞の内容を踏まえて、原型の曲を構成し直す作業をしたいという。期待してくれている様子のそよかだったが、私は歌詞の内容について非常に悩んだ。こんな楽曲に合う言葉を、どうやって見つければいいのだろう……。

スタジオ練習の翌日、私は深雪に相談することにした。一緒にカフェに行こうと思ったのだが、

「時間がもったいない」と断られ、お互いの家でビデオ通話をすることになった。

約束していた夕方六時に電話を掛けると、深雪はすぐに出た。インカメラに深雪の顔がアップで映る。部屋の中は質素だが、学校から帰ってきたばかりなのか、いつものゴスロリファッションを着たままだった。その可愛さ満点の服装とは裏腹に、ぶすっとした表情で深雪は言った。

「……何？」

私は直感的に、相談相手を間違えたかな……と思ったが、流石にここで電話を切る訳にはいかない。

「ごめんね、急に。忙しかったんじゃない？」

「……いや、とくには」

「そうなの？　だって、深雪が時間ないって言うから店じゃなくって電話にしたのに」

「……曲のフレーズを見直したいから」

「あ、そうなんだ。ありがとう、嬉しいよ」

「……で、何の用？」

私はこれ以上深雪と世間話をするのを諦め、口を開いた。

「実は、いま皆で作ってる曲なんだけど……。どういう歌詞にしたらいいかなって考えてるの。深雪から、どんな歌詞が合うと思うか意見をもらいたいなーって」

「……どんな歌詞が合うか、か」

深雪はうーんと唸った。

「……私は歌詞を書いたこと、ないから分からない」

「じゃあさ。ギターのフレーズを作ってる時、どんなことを考えてる？　イメージとかあれば知りたいな」

「……フレーズを考えてる時、か」

深雪はう――ん、と先ほど以上に唸った。しばらく同じように顔をしかめた後、やがて言った。

「……あんまり考えてない。でも」

「でも？」

「……いまのメンバーでやってる時の自分は、凄い」

深雪は少々鼻息を荒くしながら続けた。

「……自分の指なのに、自分の体じゃない気がする。何かに弾かされてるっていうか、突き動かされてる感じで……。いままでの自分とは全然違う」

「そ、そんなに」

「……昔のバンドでこんなこと、起きなかった。家の中で考えたフレーズをスタジオで合わせるだけだった。でも、昨日弾いたものはいままでのとは全然違って……これまで弾いたことないフレーズばっかりだった。だけど、あれこそが自分のギターなんだって確信めいたものがある」

「それは……何ていうか、凄いね」

「……私が凄いんじゃない。叶多が凄い」

「え？　私？」

思わぬ言葉が飛び出たので、私は意表を突かれて目を見開いた。だが、深雪は顔色ひとつ変えずに続ける。

「……そう。叶多は普通の人とは違うから」

「そ、そうなのかな」

まだこの時、私の過去に関しては深雪にも、他のバンドメンバーにも話していなかった。何か、勘づいたのだろうか……？　だが、そんな私の不安など気にするそぶりも見せずに、深雪は続けた。

「……いままでバンドをしてきた人たちとか、会ってきた人は、自分の延長線上にいる人たちだった。想像の範疇を超えなかった。だけど、叶多は違う。何か他の人とは違うものを感じる」

「…………」

「……だから、私は叶多とバンドをしようと思った。きっと昨日で、私と同じような確信を皆、持ったと思う。言葉にしなくても、音で分かる」

「えっと……ありがとう」

「……べつに褒めたつもりはない。事実を言ってるだけ」

深雪はぴしゃりと言うと続けた。

「……叶多の歌も、全然違ってた。自分でもそう思わなかった？」

その言葉にハッとした。私も、昨日のスタジオではいつも自分が歌っているのとは違った感覚があった。それは、そよかのメロディのくせをなぞっているものだと思っていたのだが、もしかしたらそれともまた違うのかもしれない。いま思い出してみれば、「何かに歌わされていた」という感覚が、一番ニュアンスとしては近い。

突き動かされていた……何かに。あの轟音の中で感じた大海を巻き込む大嵐と、海を割ってできた道、そして天から降り注ぐ真っ白な光。

これまで見たことのない――いや、体験したことのない景色だった。おそらく同じような体験を深雪もしていたのだ。いや、深雪だけでなく、他のメンバーも……。

だが、あのバンドサウンドの中で生まれたものは言葉にならないもので、呻きや叫び……そういった動物的本能から来る啼き声に近かったと思う。あの感覚を言葉にして伝えるなんて、果たしてできるだろうか？

私の思案する表情を察したのか、深雪は言った。

「……あの感覚に匹敵する歌詞を書くなんて、普通ならできない。もしあるとしたら、その方法はひとつだけ」

「え？　書ける方法、あるの？　どうしたらいいの？　教えてほしい！」

「……自分の全てをさらけ出す。耽美な表現やしゃれた言い回しなんていらない。自分の過去、欲望、失敗。恥ずかしいけど心で本当は思っていること……。それを書く」

「恥ずかしいけど、本当は思っていること……」

「……私たちにカッコつける必要はない。もう叶多についていくって決めたから。だから、血を流して書いて」

話は終わり、とばかりに深雪は私の返事も待たずに通話を切った。脳内で彼女の言葉を反芻する。

――血を流して書いて。

※

そうして書きあがったのが、『Ｅｒｒｏｒｍｉｎｄ』の歌詞だった。

詞を読んだ四人は最初こそ困惑した表情を見せたものの、やがて大きくうなずいたり、唸ったりして言葉を噛みしめている様子を見せた。真理子だけは、

「えっと……これ、何が言いたいの？」

と首を傾げたが、他の三人は何か得体の知れないものを感じ取ったようだった。

ややあってそよかが口を開いた。

「何ていうか……私はこの歌詞、凄いと思います。『さよならを告げる方法はいまだに分かっていない』って、どういう気持ちで書いたんですか？」

「うーん……何か過去のことが蘇ってきたっていうか……私、大事なことを忘れてる気がして……」

私が言うと、そよかは強い口調で返事をした。

「大丈夫です。言葉にできないことは音楽で伝えましょう」

そよかは特に私の詞に手応えを感じてくれていた。そして、歌詞を手渡した翌日には楽曲を完全な状態に仕上げてくれたのだ。

だが、思うようにいかないのがバンド活動だ。

自分たちが本当に良いと思って発表するものでも、何の結果も出ない……全く実績が積めないということが度々起きる。いや、ほとんどがそうだといっていい。

八回目のライブは、立ち見満員でも三〇〇人程度の、小さめのライブハウスだった。五組のバンドが出るイベントの一番手――いわゆる前座として、CL⇅ROWNは出演した。

三〇〇人規模の会場が、満員になった訳ではなかった。イベントに出た五組が駆け出しのバンドばかりだったということもあり、その日を通しての集客は二〇〇人ほど。

ほとんどのお客さんの目当ては最後のバンドだったようで、実際に私たちのライブを見たのは三〇人もいなかった。対バン形式だと、イベントの最初からいるお客さんばかりではなく、途中から、目当てのバンドだけ見にくる人も多いのだ。

ガラガラの客席に向かって、私はがむしゃらに歌い続けた。まるで、いくら無実を訴えても聞き入れてもらえない容疑者のように、誰も見ていない花火を延々と打ちあげ続けた。

イベント終了後。私と綾は控え室で、機材の片付けをしていた。自分たちの実力とのギャップに悔しさがにじむ。

綾は人一倍素直なので、普通の人よりもより顕著に気持ちが顔に出る。

気まずい空気のまま言葉ひとつ交わさず、それぞれ後片付けを淡々とこなしていた。

壁一枚隔てた客席では、残ったお客さんと最後の出演者が楽しく談笑しているのが聞こえてくる。オリジナルグッズやCD音源の物販をしたり、一緒に写真を撮ったりしているのだろう。CL⇅ROWNにはまだ物販で売れるものもなく、出待ちのファンもほとんどいなかった。

「ねえ、綾」

私はスマホを取り出しながら言う。

「一緒に写真撮ってもらっていい？」

「いいよー。でもちょっと待って。これだけ片付けちゃうから」

ベースをソフトケースへ仕舞おうとする彼女を、私は止めた。

「せっかくだから、楽器持って撮ろうよ」

「あれ。叶多はもう片付けてなかった？」

「そんなのもう一回出せばいいじゃない」

言いながら素早くケースのジッパーを開く私に、綾はぷっと噴き出す。

「本当、呆れたー。見栄えのためなら苦労を厭わない……現代の若者って感じよねえ」

「何言ってるの、同い年でしょ。ほら、ちゃんと持って。撮るよ」

インカメラに設定したスマホに向かって、私たちは肩を寄せ合った。ライブ後なので少々疲れた顔を作ろうとしたが、綾が私の肩に頭を乗せて眠るように目を閉じたので、思わず目を細めて笑ってしまった。

撮れた写真を綾に見せると、

「なかなかいいじゃん、自然体で」

と、満足そうだったので、私は早速メテオに投稿した。

『ライブ終了ー！　思いっきり歌えて楽しかったよー！　来てくれた皆、今日はありがとうね』

すぐにたくさんのいいねやコメントがつく。

『今日も可愛い』『叶多ちゃんの生歌聴いてみたいなあ』『ふたり仲いいんだね』『ギターも似合う！』『見にいきたかったー』……。

いつもなら嬉しい反応ばかりなのだが、今日はそれらの賞賛を空しく感じた。本当にそう思って言ってくれているのだろうかと、変に勘ぐってしまう。私の歌が聴きたいとか、見にいきたかったというのなら、今日のライブに足を運んでくれれば良かっただけの話ではないか。

軽はずみな言葉は、心を切り刻んでいく。

きっと、そう思ってしまうのは自分が正直じゃないからだ。『思いっきり歌えて楽しかった』なんて全然思っていなかった。

――本当はもっとできるはずなのに。

頭の中の理想の自分と、現実とのギャップがあまりに大きくて、悔しさと苛立ちに頭がクラクラした。よろめきそうになり、控え室のドアに手をつこうとするが、同時に向こう側から開かれたので、私の手は空を切った。体勢を崩した不格好な状態で、ドアを開けた人物と目が合う。

「あ、莉沙《りさ》ちゃん。お疲れ」

「…………」

不様な私の姿など視界に入っていないかのように、今日のトリを務めたボーカルの居合《いあい》莉沙は、黙って控え室の中に入ってきた。私はその背中に向かって続けた。

「莉沙ちゃんのバンド、良かったよ。『シェルター』って名前がいいよね。莉沙ちゃんのイメージぴったりの、おしゃれな感じがするっていうか……」

ショートカットの金髪に病的なほど白い肌を持つ小柄な彼女は、私に何の反応も示さなかった。ひしめき合っている共演者たちの荷物を次々と蹴ったり踏みつけながら、自分の小さめのリュックをさっさと手に持つと、再び部屋を出ようとする。

「ちょっと、あなた」

私たちの様子を見かねて、綾が口を出した。

「何で無視するのよ。叶多はあなたの先輩でしょ」

そうなのだ。年齢がひとつ下の莉沙とは、今日が初対面ではなかった。

綾は『先輩』という表現をしたが、同じ学校だった訳ではない。私は通信制の高校で莉沙は普通科の進学校。地元も違うので、これといった共通点はない。

私たちを繋げたのはメテオだった。私がいまのアカウントを作って一年経った十八歳の十一月——徐々にフォロワー数が増え、一万人を超えはじめた時期に、莉沙と出会った。

といっても、最初はメッセージのやりとりをしていただけで、実際に対面した訳ではない。

当時の彼女はまだアカウントを作ったばかりで、フォロワーも近しい友達しかいなかった。『叶多さんのように、たくさんの人に写真を見てもらえるようになりたいんです！』という梨沙からのメッセージをきっかけに、統一感のある投稿の仕方や写真の撮り方など、メテオの活動に必要な知識を助言していたのだ。

学校もろくに行っていないし部活経験もない私は、思わぬ形でできた後輩の存在に胸が躍った。自分の教えでみるみる成長していく姿を見ると、自分がステップアップしていく以上の喜びを感じた。

ビデオ通話やメッセージのやりとりで交流を続け、冬休みには、莉沙が会いにきてくれたりもした。まだフォロワーが少なかった彼女のために、私はタグ付けした莉沙とのツーショットを何枚もアップして尽力した。

タグ付けすると、写真にアカウント名を表示させることができるので、私の投稿を見たフォロワーが莉沙のアカウントへ直接アクセスできる。これにより、私のフォロワーの中で莉沙のことを好きになる人も出てくる……結果的に彼女のフォロワーを増やすことができるのだ。

ずっとこの友好関係は続いていくと思っていた。だが、そう思っていたのは私だけだった。

翌月の二月に私のフォロワーが二万人を超えた。莉沙からのお祝いのメッセージのやりとりを最後に、彼女とは疎遠になっていった。

莉沙は、メテオで知り合ったＹｏｕＴｕｂｅｒの男の子と交際をはじめたのだ。高校二年生ながら登録者数二十万人を誇る彼は、ＹｏｕＴｕｂｅだけに限らずＴｉｋＴｏｋ十二万人、メテオ十万人と、ＳＮＳ上に多くのフォロワーを抱えている。

彼の動画と莉沙のメテオで交際を発表し、それから何度もコラボ投稿を続けた。それにより、莉沙のメテオフォロワーも増えていき、あっという間に十万人を超え、いつの間にか私のフォロワーもタグ付けも外されていた。

それでもう莉沙とは縁が切れたと思っていたのだが、つい最近、彼女もシェルターというバンドをはじめたようで、今日思わぬ再会をしたという訳だ。SNS上で彼女がバンドをはじめ、すでにそこそこ人気が出ていることを知ってはいたが、まさか今日会うことになるとは……。

梨紗のバンドは今回が二回目のライブとのことだったが、フォロワーが多く集客を見込めるため、イベントのトリを飾っていた。

綾の言葉に「はあ」と大袈裟にため息をつき、莉沙は言った。

「あの、いつまでも先輩面されても困るんですけど」

「……え？」

「私、べつに叶多さんの後輩でも何でもないですから」

その言葉に、綾が声をあげる。

「何言ってるの！　あなた、叶多のタグ付けでフォロワーが増えたようなもんじゃない！」

「あんなの最初だけじゃないですか。それに、借りはちゃんと返したつもりですけど？」

「……返した？」

「ええ。だって今日の客、ほとんど私のだったじゃないですか。私の客をファンにできなかったなら、それはそっちの責任でしょう」

綾の歯軋りがギリギリとここまで聞こえてくる。

「な、何て生意気な……！」

「綾、もういいよ」

私は彼女の手をギュッと握って、怒りを鎮める。だが、気にする素振りも見せずに莉沙は続ける。

「もしかして……叶多さんって、一番ファンが増える方法、知らないんですか？」

「え？」

「人を利用すればいいんですよ。自分より有名な人、実力がある人、ファンを多く抱えている人……、そういう人を見つけて、手駒にすればいい。その人を超えるまで、ね」

「利用する？　じゃあ、連絡取らなくなったのも私が必要なくなったからってこと？」

「当たり前じゃないですか。もっと良いコンテンツがあれば、そっちにいきますよ」

「…………」

「でも、叶多さんには感謝してるんです。バンドをはじめたでしょう？　それを知って思いました。『私のほうがずっとうまくやれる』って。そういえば、メテオもそうだったんですよ。叶多さんの投稿を見た時、『私が同じことしたらもっと凄いことになるのに』って思ったんです。実際そうなってるでしょう？　バンドも同じです」

莉沙の弁舌は止まらない。

「今日のライブも見てましたけど、やっぱり全然駄目ですね、ＣＬ⇅ＲＯＷＮは。まあ、歌は悪くないけど、見てて楽しくないし、何より曲がニッチすぎますよね。最後の曲、『Ｅｒｒｏｒｍ ｉｎｄ』でしたっけ？　何ですか、あれ。最初はダークで激しい曲なのかなって思ったら急に静かになるし、展開の仕方が変だし。歌詞も意味不明ですよ。ラブソングのつもりですか？　ただ適当に言葉を並べただけじゃないんですか？　全体を通して、何がやりたいのかよく分からないっていうか……」

「私が作曲担当ですが」

突然後ろからあがった声に、莉沙の肩がびくりと跳ねた。振り返ると、そこにはそよかが眉間にシワを寄せて立っていた。腕を組み、まるで万引き犯を捕まえた警察のように、莉沙を毅然と見おろしている。

「莉沙さん、でしたか？　チャイコフスキーはご存じですよね？」

「え？　チャイコ……？」

「チャイコフスキーも知らないんですか？　『Ｅｒｒｏｒｍｉｎｄ』は、チャイコフスキーの『幻想序曲ハムレット』を参考に構成しています。題名どおり、シェイクスピアの『ハムレット』を題材とした曲です。『ハムレット』くらいは分かりますよね？　一般教養ですから。あのお話の序盤で、国王はどんな殺され方をしたか覚えていますか？」

「え、えっと……国王……？」

「毒殺です。『幻想序曲ハムレット』の愛の主題と呼ばれるパートが、叶多の詞にはぴったりだと思いました。『Ｅｒｒｏｒｍｉｎｄ』の世界観にも合ってますし、チャイコフスキーの楽曲も有名なので、音楽に造詣がある方が聴けば、すぐ理解してもらえると思ったのです。少なくとも、

『何がやりたいのかよく分からない』なんて感想には、絶対なりません。ろくに音楽も聴かないくせにでしゃばるのだけは一丁前の、上辺だけ取り繕ったハリボテバンドの人なら、話は別ですが」

「…………」

莉沙は露骨に奥歯を噛みしめると、

「ふんっ。そんなにこだわっても、どうせ誰も聴いてないけどね」

と吐き捨て、舌打ちを残して控え室を出ていった。

ややあって、私は口を開いた。

「……ごめんね、そよか」

「いいんですよ。それより叶多、お客さんがお呼びですよ」

「え、私？」

「はい。男性でしたが、お知り合いですか？　外で待ってるとおっしゃっていて」

「いや、とくに男の人の知り合いはいないけど」

戸惑う私に、綾が茶化すように言う。

「お、出待ちじゃーん。叶多、やるねえ」

「まさか。出待ちの人がこっちを呼ぶ訳ないよ」

「お断りしてきましょうか？　もしかしたら、危ない人かも……」

「いや、大丈夫。ちょっと行ってくる」

「ちょ、ちょっと叶多……」

引き止めるそよかを置いて、私は控え室を足早に出た。嫌な予感がしていた。ひとりだけ、心当たりがあったのだ。

ライブハウスを出たところで、すぐに男と目が合った。四十代特有の餓鬼のようにぽっこりと出たお腹と脂ぎった肌。安物のメガネとくたびれたスーツ姿の彼は、やっとネズミが巣穴から出てきたと言わんばかりに、ニヤニヤと私のほうへと近づいてきた。

「久しぶりですねえ、叶多さん。ご立派になって……。この前まで高校生だったのに」

「……平塚《ひらつか》さん、もう来ないんじゃなかったんですか」

平塚一平《いっぺい》――大手週刊誌の専属記者で、安っぽいゴシップ記事で食っているゴキブリのような男だ。「記事のためならどんなことでもする」と、中学一年だった私に初めて会った時に豪語して六年になる。私が高校二年になった頃からぱったりと姿を見せなくなったので、やっと解放されたと安堵していたのに。

だが、たった二年間でその存在を忘れられるほど、彼の低俗さは軟弱ではなかった。彼の醜い生命力は、靴の裏のガムのようにべっとりと私の心に張りついていた。

週刊誌の記者が、なぜ私にここまで執着し続けるのか。それは――。

「最後に会ったのはいつでしたかね……、ああ、そうだ。二年前のいま頃でしたか。あの時はまだこんなに綺麗じゃなかったですからねえ。大人の女性になったという訳だ」

「わざわざセクハラしに来たんですか？　警察呼びますよ」

「物騒ですねえ、そんな怖い顔をしないでください。再会を喜んではくれないのですか？」

「蚊に愛着は湧かないですから」

「それはそれは……随分な言い方だ。一応これでも記者ですが」

「一緒です。人の血を吸って生きてるんだから」

「皮肉もうまくなったもんだ」

言いながら、平塚は唇を歪ませながら目をカッと見開いた。

その瞬間。私の頭の奥に閉じ込めていた記憶がフラッシュバックした。


父親の遺影。

嗚咽しながら崩れ落ちる母。

自宅前に群がるカメラとマスコミ。

シャッターの音。

ゴシップ記事を手に噂話をする人々。

執拗な取材。

向けられる無数のボイスレコーダー。

人々の嘲笑う視線。

――首を吊った母親の姿……。

「どうしました？　叶多さん」

ねちっこい声にハッと我に返る。目の前にはまだニヤついている平塚がいた。

「いえ、べつに……」

「いやはや、それにしても」

平塚は不快な笑みを浮かべた表情を更に醜怪にねじ曲げて続けた。

「家族があんなことになったのに、呑気にバンド活動なんてねえ」

「私の家族はバンドメンバーだけです」

「そうだ。今日のライブ、見せてもらいましたよ」

平塚は思い出したようにコロリと表情を変えた。ねちっこく執拗な態度かと思えば、次の瞬間には人懐っこく話し掛けてくる。心を許した瞬間に心臓目掛けてナイフを突き刺してきそうな……そんな危うい不気味さが平塚にはあった。

「いやあ……良かった。感動しました。退廃的な雰囲気と狂気を、若い女の子があそこまで出せるなんて……ゆるやかに始まったかと思えば突然激しくなったり、不気味な静寂があったりして。本当、カッコ良かったですよ」

「はあ……どうも」

私は反応に困った。お世辞ではなく、心から平塚はそう思っているようだった。いつもならバンドを褒められて悪い気はしないのだが、いまはどうにも落ち着かず、居心地の悪さがゾワゾワと体中を這い回った。饒舌な平塚に底知れぬ違和感を覚える。

理由はひとつだ。

それは、『平塚がなぜ今日、二年ぶりに私の前に現れたのか』、その動機が分からないからだ。まさか、ただライブを見にきた訳ではあるまい。彼がそんな男でないことは、私が一番良く知っている。

そんな私の疑心に気づくそぶりもなく、平塚は続ける。

「叶多さんの感情剝き出しの歌にも度肝を抜かれましたねえ。心臓がビリビリ痺れっぱなしで、死んじゃうかと思いましたよ。本物のロックをしている人がいまの時代にもいたなんて、嬉しいですねえ。他のバンドもひととおり見ましたが、やはりCL⇅ROWNは頭ひとつ抜けてました」

「……そ、そうですか」

「それにしても、叶多さんの歌は凄いですねえ。上手なんてもんじゃないですよ、天才的でした。こんな細い体のどこから、あんな立派な歌声が出てくるんでしょうねえ、魔法としか言いようがありません。バンドじゃなくても、歌手としてやっていけるんじゃないですか？」

「…………」

平塚はタバコを取り出し火をつけた。恩着せがましく副流煙を私に掛からないように吐いた。これらの一挙一動が、いちいち癪に障る。気を遣うなら吸わなければ良いのだ。いや、そもそも、何故私がこんな奴と世間話をしなければならないのか。

平然と彼は続けた。

「このバンドは、叶多さんがメンバーを集めたんですよね？　じゃあ、リーダーも叶多さん？」

「……まあ、一応。でも、集めたといっても私の力だけじゃないです。最初はギターの深雪と一緒にやろうという話になって」

「よくあんな凄いギタリストに巡り会えましたね」

「私が開いたパーティに幼なじみと来てくれてて、そこで知り合ったんです。音楽の話で意気投合して、じゃあやろうってことになって」

「ああ、あのオフ会で知り合ったんですか。四月にやった、叶多さんのメテオのフォロワーを集めた会ですね。たしか、二十人の女性限定で、渋谷のカフェを貸し切ったとか……。流石、フォロワーが三万人もいる人はやることが違いますね」

「……どこまで調べてるんですか」

「いえ、たまたま小耳に挟んだもので」

嘘だ。こんなこと、日常会話で聞くような情報ではない。

「あの――」

私の顔から表情が消えた。これ以上こんな奴に時間を割かれる訳にはいかない。

「何の用で、こんな所まで来たんですか？」

「ああ、そうでした。話してませんでしたね」

平塚はタバコを咥えながら続けた。

「まあ、大した用ではありませんよ。ちょっと、久しぶりに顔が見たいと思っただけで……」

「…………」

「そう怖い顔をしないでください。たしかにメテオを見れば、叶多さんが元気そうなことくらいは分かります。とびっきり綺麗になったことも。ですが、いまは写真の加工が当たり前でしょう？　本当に美人になったか、この目で見たかったんですよ」

「……何が言いたいんですか」

「いえいえ、そのままですよ。深い意味なんてありません」

言いながら思わせぶりに目を細める平塚に、私はムッとした。

「じゃあ、もう来ないってことですよね？」

「それは分かりません。何せ、記者になってからというもの、約束をするのがどうも苦手で……」

「…………」

平塚はわざとらしく頭を掻いて続けた。

「では、そろそろお暇させてもらおうかな。じゃあ、叶多さん。また」

のそりのそりと背を向けて歩いていった平塚は、三歩ほど進んでまたこちらを振り返った。

「……あ、そうそう。忘れてました」

「まだ何か？」

「CL⇅ROWNの曲は、叶多さんが全部作ってるんですか？」

「全部じゃないです。作曲はキーボードのそよかが作ったものが多いです」

「ほう。作詞は？」

「それは全部私です」

「なるほど。じゃあ、最後の曲……なんだったかな、あれ……えーっと……」

「『Ｅｒｒｏｒｍｉｎｄ』ですか？」

「ああ！　そうそう、それです。その歌詞も叶多さんが？」

「はい、そうです」

「そうですか。なるほどね、うん」

ひとりで頷きながら、何か納得したような反応をする平塚。その思わせぶりな態度にムカムカしながら言った。

「何ですか。言いたいことがあるなら言ってください」

「あれ、心中の曲でしょう？」

「……え」

ぎょっとして目を丸くした私に、平塚は続ける。あれが心中をテーマにしていることはメンバーにしか言っていない。

「その反応、やっぱりそうだ！　まあ、あの心中事件ってのは、叶多さんにとってはまだ深い傷でしょうからねえ。酷い事件だった。母親の不倫を知った父親が、娘の叶多さんと……」

「やめてください！」

思わず声を張りあげた。通行人が数名、何事かとこちらを一瞬振り返る。平塚は、勝ち誇ったような顔をして、そそくさと私の前から去っていく。

残ったのは、私の胸の中のざわつきだけだった。

翌日、私は昼すぎから先日完成したＰＶの投稿準備に取り掛かった。以前からＹｏｕＴｕｂｅに専用チャンネルはあり、なんとなく曲だけは投稿していたのだが、しっかりとしたチャンネルとして作り込んではいなかった。

せっかくのＰＶ発表だ。見栄えは良くしたほうがいいだろう。アイコン画像を設定し、略歴とメンバーのＳＮＳアカウントを概要に載せる。簡単な作業のはずなのに、細部にまでこだわっていたら思った以上に時間が掛かってしまい、全部終わる頃には午後九時を回っていた。

だが、これでいつでも、動画投稿はできる。

本当はいますぐにでもＰＶを投稿したかったのだが、深雪が歌詞表示のタイミングを直したいと言うので、翌日の午後七時に動画を投稿することになった。

アップロード作業を終え、いざ公開ボタンを押そうとしたその時、指先の血液が一気に脳天へ駆けあがっていく。

――もしかしたら、これで世の中が変わってしまうかもしれない。

胃袋が震えるような感覚。

……そうだ。初めてロックを聞いた瞬間、背筋を電流が走った。そこから、私の世界はたしかに変わったのだ。

忘れもしない。中学二年の時である。

※

ある休日の夜、私は隣町のコンビニへ立ち寄った。前年に事故で父を亡くし、そのせいで母は失意の中にいた。

家事も手につかないようで、家中散らかり放題。カーテンの締め切られたゴミだらけの部屋で、ベッドに這いつくばっている母。

私はそんな家にいるのが嫌だった。『夜中に出歩くなんて不良少女だ』と後ろ指をさされても、外の空気を吸いたかった。

弱虫の父に、尻軽の母……。あんな両親のもとに生まれたなんて……自分の人生を何度呪ったか分からない。

近所のどこにも安心できる場所はなかった。父の起こした事故は私の周辺に深い影を落としていた。私の顔を見た近隣住民は、目を逸らして声を潜めた。

彼らにとって自身に降りかかる不幸は苦しみだが、他人の不幸は娯楽なのだ。それも、相手が知り合いならばなおのこと。

いつしか私は外に出る時は帽子をかぶりマスクをし、人通りの少ない道や時間帯を選ぶようになっていた。

降ってもいない雨から身を守るように、そそくさとコンビニに入る。数日分の食料を買い物カゴに投げ込んでいる時、それは前触れもなく私の前に現れた。

普段は気にも留めない店内放送。ラジオ番組が流れていたようにも思う。詳しいことはもう覚えていない。

それほどに、その後の衝撃は大きかった。

『Smells Like Teen Spirit』

まるで天変地異が起きたよう。混濁した音、烈々たるリズム、しゃがれたシャウト、それらが見えない塊となって後頭部を殴りつけてくる。

物凄いインパクトだった。

私は口を開けたまま身動きもできず、その場に立ち尽くした。

そうしている間も音楽は進んでいき、次第に塊は質量を増して脳天を揺さぶる。まるでダイヤモンドの隕石が、怒濤の勢いで私の全身にぶつかって通り過ぎていくように。

それはほんの数分の出来事だった。だが、私は時間の感覚すらも吹き飛ばされていた。

店員や他の客は変わらぬ日常を生きていて、それが余計に私の意識を朦朧とさせた。むしろ目の前の日常が偽りのもので、たったいまスピーカーから流れている音楽こそが、純度の高い現実のように思えてならなかった。

誰が歌っているのかも、それがいつ作られたものなのかも、どこの国のものかも分からない。にもかかわらず、それがまさに自分のためのものだという感覚。

私は買い物カゴをその場に放り出し、店を飛び出した。顔を隠すためのマスクもフードも外して、当てもなく走った。

深夜の空気はひんやりと心地良く、鮮度の高い酸素が体内に流れ込んでくる。それを肺いっぱいに吸い込み、そのまま言葉にならない叫び声をあげた。

「わあああああああああああああ!!」

スカッとした。最高の気分だった。

超濃紺の空に数えきれないほどの青白い星が瞬き、強烈な『生』の風景が瞳に焼きつく。

「ああああああああ！　あああああ！」

私は立ち止まり、身をよじって声をあげ、また走り出した。

周りにどう見られたって関係なかった。

目に見える全てのものが違って見えた。

脈々と流れた血液が鼓動を感じさせた。

世界がどうしようもなく美しかった。

できるものなら全てのものを両手で抱きしめ、そのまま胸の中でぐちゃぐちゃに破壊してしまいたかった。

その曲がニルヴァーナというアメリカのバンドの曲で、当時でさえもう二〇年以上も前に発表されたものであるということを、私は明け方の自室で知った。パソコンの検索画面には『伝説のバンド』『ロックの神』という文字が所狭しと並ぶ。

それからというもの、私は貪欲に彼らの音楽を聴きあさり、同じタイプのギターを持ち、そしていつしか自分でも曲を作るようになっていた。
ニルヴァーナは私の神だった。

※

この『公開』ボタンを押した瞬間に、あの凄まじい感覚を与える立場になるかもしれない。そう思うと、指先が震える。高貴な戦慄が、脳内の至る所で火を燃やしていた。

――午後七時。

予定の時刻ちょうどに、私はそのボタンを押した。動画は問題なく公開されたようだった。

ふっと息をついた後、バンドメンバー全員にURLを送付し、自分のメテオアカウントでも宣伝の投稿をした。すぐにいいねやコメント、ともにそこそこの数がつき、それに伴って動画の再生数も少しずつ増えていく。

ついに、自分のバンド――CL⇅ROWNが本当の意味で始まったのだった。

期待に胸が高鳴る。それと同時に、ふとある考えが脳裏をよぎった。

――もしかしたら私も、誰かの神になるのだろうか？

投稿後、ソワソワと落ち着かない私は、スマホを取り出した。

幼なじみの増井《ますい》温美《あつみ》に電話を掛け、食事の約束を取り付けた。といっても、さして食欲がある訳ではない。とにかくこの昂った気持ちを、ひとりで抱えることができなかったのだ。誰かと共有したかった。それも、バンドとは直接関係のない人と……。

待ち合わせの駅前まで走った。あるトラウマから私は電車に乗れないので、普段の移動は自転車かタクシーだ。だが、いてもたってもいられず、私は駆け出していた。真夏の夜の街は湿気が肌にまとわりつき、それが汗と混じって肌を伝って落ちていく。

普段なら十五分は掛かる道のりだが、七分で着いてしまった。約束の時間までもう少しある。先にどこかへ入ろうかとも思ったが、やはりここは待つことにした。

辺りを見回すと、私と同じように待ち合わせをしているであろう人たちが目に入った。その全員が、手元のスマホに視線を落としている。決して大袈裟な表現ではない。文字どおり全員が、である。

その光景を異様だと言う人もいる。主にスマホが普及する前に青春時代を送った人たちだ。『小さい画面に縛られている』だの『繋がりを失うのが怖い若者たち』だの、好き勝手言っているみたいだが、私からすればスマホのない青春を送った人たちこそ総じて不幸だ。こんなにも便利で楽しくて夢のあるものはないのに。

これ一台で私たちはモデルにもミュージシャンにも女優にも映画監督にもなれる。

若さは短い。

そのわずかな時期に、一生のうちの魅力の大半は凝縮されている。かけがえのない時間なのだ。

制限時間のある貴重な色香を、物理的に距離の近い、身の回りの人たちだけにしか見せられなかった世代の人たちは、本当にかわいそうだと思う。

私たちの世代を世間は貧しい世代だという。理由は、税金も物価もどんどん高くなるのに、給料は低いままだからなのだそうだ。

たしかに『物質的な満足度』という尺度で測れば、上の世代の人たちが経験してきた青春時代と比べ、貧しくも見えるだろう。不安や不満、不平を言う若者の姿は、彼らの自尊心をくすぐる格好の餌に違いない。私たちから可能性をえぐり取ることによって、年老いた彼らは高慢な愉悦に浸るのだ。

だが、それが何だというのか。私たちの青春は、スマホのおかげでそんな人たちが過ごしてきたものとは比べものにならないほどに輝いている確信がある。

――若さを武器に成し遂げたさまざまなことへ与えられる無条件の賞賛。

この崇高な栄光を、身内や地元の知り合いなどといった、日常生活圏内の人たちからしかもらえないなんて、私には耐えられない。そんな微量な栄誉しか受けられないなんて、明らかに人生の損失だ。

この内側からあふれ出てくるキラキラした輝きを全世界にいつでも発信できる権利は、権力や知識や税金なんかでは絶対に奪えないのだ。

「叶多ー、お待たせ」

聞き慣れた声がして私は振り返った。温美だ。

返事をしようとしたが、「……何か、怒ってる？」と探るような目をする彼女に、はっとした。

密かに昂っていた気持ちが顔に出ていたのだろう。

「何でもないよ、いつもどおり」

と、私は努めて笑顔を作った。

温美とはかれこれ六年の付き合いになる。私は中学一年の時に遭ったある事故がきっかけで転校したのだが、その時、新しい学校で唯一友達になってくれたのが温美だった。

裏表がなく向こう見ずな性格の彼女は、軽率で無分別だと昔から言われ続けてきたというが、逆に私との関係ではそれが良いほうに作用した。

私は父親が他界したのが原因で転校したため、クラスメイトは私への対応を決めあぐねたまま、何となく『腫れものに触るような』『うっかり触れてはいけないような』、簡単にいえば『いないもの』としてしばらく扱っていた。

そんな状態だったにもかかわらず、温美は声を掛けてくれたのだ。もちろん、彼女がクラス委員長だったことも理由のひとつではあるだろうが、それでも私が救われたことに変わりはなかった。

高校からの進路は別だったが、ずっと彼女とは連絡を取り合い、関係を続けてきた。私は親友だと思っている。というより、友達と呼べる人もバンドメンバーを除けば温美くらいしかいなかった。スマホのデータは、温美とのメッセージのやり取りや写真や動画で埋め尽くされている。

もっとも、温美は私と違って明るく活発な『普通』の女の子なので、友達は多い。ぱっちりとした目で人懐っこく、ちょっと図々しいところが可愛く思える、どこでも引っ張りだこな子だ。

大学進学後もサークルにゼミにバイトに合コンと大忙しの毎日らしい。メテオもそよかや綾と同様、リアル友達との交流のみだが、にもかかわらず相互フォローが千人いるのだ。私が人生で知り合った人数よりもはるかに多い。

何を隠そう、深雪と温美は同じ大学で、温美が四月のオフ会に深雪を誘ったのがきっかけとなり、私は温美を通じて深雪と知り合ったのだ。

しかも、知り合ったのは入学前。温美が同じ大学の友達を早めに作ろうと、メテオで大学名で検索して出てきためぼしい女子数名にメッセージを送った、そのうちのひとりが深雪だったというから驚きだ。

やりとり自体は三月下旬からしていて、ふたりはオフ会中に初めて顔を合わせたのだという。私には到底考えられない行動力である。深雪もどちらかというと私寄りの性格なので、ゴスロリファッションとは無縁そうな温美のアカウントを見れば『怪しい会合に勧誘されたのでは?』と警戒しそうなものだが、温美の屈託のない性格が、その警戒心を和らげたのだろう。

それから温美は何度かライブにも足を運んでくれ、私の知らないうちにいつの間にか全てのメンバーと打ち解け合っていた。私だけでなく、全員とメテオを相互フォローし合っている。そういった意味でも、彼女は私だけでなく、CL⇅ROWNにも縁深い人物だといえる。

おしゃれな温美は、今日はフェルトハットにキャラメル色のワンピースを着ていた。細身の体によく似合っている。ジーンズにパーカー姿の私とは大違いの女性らしいファッションだ。

普段はそんな彼女のみずみずしい色気に気後れする私だったが、今日は違った。頭の中が投稿した動画のことで一杯だったからだ。

「どうしたの？　急に呼び出すなんて」

「いや、ちょっとひとりになりたくなくってさ」

私は続ける。

「やっと動画投稿したの、バンドのＰＶ」

「え！　凄いじゃん！　おめでとう！」

「ありがとう。それでなんか、ソワソワしちゃって」

「ああ、分かるよ、うんうん。私もメテオに初めて投稿した時は、落ち着かなかったもん。『誰かもう見たのかな』とか『本当にちゃんと投稿できてるのかな』とか、そわそわしちゃうよね」

温美は笑顔を作ったが、私は何となく違和感を覚えた。ＣＬ⇅ＲＯＷＮのＰＶは誰でもアップできるちょっとした日常の一コマではない。至高の創作活動であり、芸術なのだ。温美のそれとはちがう。

そんな私の心に気づかぬ様子で彼女は続ける。

「じゃあ、お祝いに美味しいもの食べようよ！　私、甘いものたくさん食べたいんだよねえ。あ、お寿司も食べたい。うーん、お肉もガッツリいきたいなあ」

「それ、結局何でも良いってことじゃ……」

「違うよ、制覇したいんだよ」

「え……制覇？　まさか全部行くつもり？」

私の反応に、温美は「分かってないなあ」とわざとらしくため息をついた。

「たとえばほら、叶多はライブしたらめっちゃ疲れるし、汗だくになるでしょ？　体も心も楽器もクタクタになるじゃん？」

「うん、そうだけど、それが？」

「そんな時、何がしたい？　お風呂に入って、喉のケアして、楽器を拭いて、ご飯食べて、フカフカのベッドでたっぷり寝たいでしょう？」

「まあ、そうだね」

「それと一緒！　人間はひとつのことで満足できないの。お肉も魚もスイーツもラーメンも全部味わう！　それが生きるってことなのよ！」

「なんてめちゃくちゃな論理だ……」

「ってことで、とりあえず焼肉行こう！　安い所、この辺にあったよね」

「はいはい。とりあえず、ね」

私は呆れながらも同調した。

昔から温美は痩せの大食いだったが、大学に入って明らかにそれが加速している。昔は大盛りご飯を何回もお替わりしたり、山盛りの唐揚げをぺろりと平らげるといった食べ方だったが、どうやら量だけではとどまらず味わうことも覚えたようだ。

「私、内臓系好きなんだよねえ」

「内臓って、ホルモンとか？」

「うーん、レバーとかかな」

「え、美味しいかな？　あれ」

そう言うと、温美は露骨に顔をしかめた。

「めっちゃ美味しいよ！　何で？　本当に食べたことある？」

「うーん、一回あるけど匂いが苦手」

「えー、信じられない……。あ。もしかして食べられる側？」

「は？　どういうこと？」

「ほら、可愛い子って内臓食べられがちじゃない？」

「全然分かんない、何の話？」

「赤ずきんちゃんとか狼に食べられるでしょう？　かちかち山もおばあさんが食べられるし、白雪姫だって食べられる」

嬉々として語る彼女に私は呆れた。

「いやいや、何言ってるの。おばあさんはべつに可愛くないでしょう……。白雪姫だって食べられないし。それに内臓って……」

「あれ、そっか。白雪姫は未遂か」

「え。何言ってるの、さっきから」

「知らない？　グリム童話の原文よ。白雪姫を殺そうと、女王が狩人を雇うじゃない？　そのときに、『殺して肝臓を持って来い！　塩で煮て食ってやる！』って言うの。まあ、結局狩人はビビッて猪の内臓を持っていくんだけど」

「……焼肉の前にそんな話しないでよ」

「そうそう。あの女王って原作では継母じゃなくて実の母親なんだってさ。ほんと、親の呪いって怖いよねえ」

「…………」

親を亡くしている、しかもその事情も知っている親友の言葉とは思えない話題に私は思わず黙り込んだ。

「あ！」

しばらく歩き、私はふと立ち止まった。慌ててジーンズの後ろポケットに手を入れる。

「どうしたの？」

「やばい……財布忘れた」

「えー！」

やってしまった。動画のことで頭がいっぱいで、財布を持ってくるのを忘れてしまったのだ。

「仕方ないなあ。今日はお祝いってことで私が奢ってあげるよ」

「そんな、いいよ」

「遠慮しないで……ってか、お金ないんだから、貸すにしてもどうせ私が出すことになるじゃん」

そう言ってもらえるのは嬉しいが、私が呼び出しておいて奢ってもらうなんて、非常に居心地が悪い。せっかくのご馳走を楽しめないような気がする。

「……あ、そうだ。ちょっと貸してもらっていい？」

「え？　お金？　いや、奢るって」

「そうじゃなくって、それ」

そう言って、私は彼女のかぶっている帽子を指差した。

「……え？　これ？」

怪訝な顔で帽子を脱ぎ、私に差し出す。

「何？　どうするの？」

「まあ、見てて」

そう言って、私は彼女の帽子を受け取って歩道の脇に外れた。家路を辿る人たちの流れを見据え、足もとに帽子を逆さまにして置く。

「四十代から五十代くらいのサラリーマンが多いな。と、なると……」

すっ、と息を吸い、私は声をゆったりと張りあげた。ギターもないからアカペラだ。斜め上を向き、夕焼けの空目掛けて、人混みの中へ歌声を響かせる。

浜田省吾の楽曲、『遠くへ――1973年・春・20才』。

私の好きな曲のひとつだ。歌手自身の経験した、若い時代の葛藤がありのままに表現されていて、生きた時代は違うものの、いまの私の胸をも打つものがあった。

目の前を歩いている人たちの世代からすれば、この曲のほうが少し歳上かもしれないが。かといってCL⇅ROWNのオリジナル曲をいきなり歌ってしまっては、どれだけうまくても誰も聞いてくれないだろう。

目論見どおり、歌いはじめて数十秒で人だかりができた。この曲を知っている人たちが立ち止まって聞いてくれたのだ。歌い終わると、パラパラと拍手があがる。そして、ひとりの男性が帽子の中に千円札を一枚入れてくれた。

「ありがとうございます！」

私が頭をさげると、彼は「頑張ってね」と照れ笑いを浮かべる。

「何か好きな曲、ありますか？」

「ハマショーなら何でも好きだよ」

「そうですか。それなら……」

今日の路上ライブは浜田省吾一色で行こう。私は思いつくだけの曲を歌いまくった。

三十分もすると、帽子の中はお金でいっぱいになった。目の前でスーツを着た中年太りの男性たちが、目を輝かせて聴いてくれている。

見た目こそおじさんだが、彼らの目の輝きは私たちに似たものを感じる。きっと、曲が当時の気持ちを呼び起こしたのだ。

「今日はこれで終わりです！　ありがとうございました！」

群衆に向かって、私は深くお辞儀をした。パラパラと拍手が鳴ったかと思えば、あっという間に人の塊が散っていく。まるでいまの出来事が夢だったかのように、私の観客は姿を消していった。手元には帽子いっぱいの現金だけが残った。

「叶多！　やっぱり凄いね！」

温美が駆け寄ってくる。

「最強の歌声じゃん！　皆聴き入ってたよ！　私も感動しちゃった！　あれって全部CL⇅ROWNの曲なの？」

「んー……。まあね」

私は帽子の中のお金を数えながら適当な返事をした。

「ちょっと良い焼肉、行けそうだね。今日はやっぱり私が奢るよ」

その言葉に、温美は目を輝かせた。現金な奴である。だが、その裏のない少女らしい笑顔は、私の気持ちをどぎまぎさせた。

こんな顔を見せてくれるなら、いくらでも奢ってやりたくなるな……と、彼女を取り巻く男の心境が分かった。


八月十一日。

PVをYouTubeで発表してから一週間が経った。

私たちCL⇅ROWNの環境はガラリと変わった……という訳はなく、発表前と同じ立ち位置にいる。

現時点での再生数が三千ほど。考えていたよりもずっとずっと少なかった。しかもこの再生数は、『三千人が曲を全部聴いた』ということを意味しない。おそらくこの一週間で、バンドメンバーが一人数回は見ているだろうし、最初の数秒だけしか見ていない人や、そもそも間違えて動画を開いてしまった人も数に含まれている。この中で実際に『最後まで曲を聴いた人』の数は、相当絞られるだろう。

——世の中が変わってしまうことなんて、なかった。

私は絶望の中、ニルヴァーナを初めて聞いたあのコンビニを思い出した。そういえばあの時だって、あの場で音楽に意識を向けていたのは私だけで、他の客や店員は普通の生活をしていた。あの曲を聴きながらまともでいられる神経が私には信じられないのだが、ほとんどの人にとって音楽や芸術というのはその程度のものなのだろうか……。

「最近どうしたの？」

練習終了後の夜九時。スタジオを出て家路を辿りはじめた私に、追い掛けてきた綾が話し掛けてきた。驚いて返事に窮してしまう。

「元気ないんじゃない？　何かあった？」

「そ、そんなにかな？」

「うん。歌声にハリがない気がした。投稿も減ったみたいだし」

「投稿？」

「メテオだよ」

スマホを見て綾は続ける。

「ほら、だいたい毎日投稿してたのに、ここしばらく見てないもん」

「あれ？　そんなにしてたかな？」

綾のスマホに目をやる。見慣れた自分のアカウントが表示されていた。数えるのも億劫になるほどの投稿数があり、更新の頻度は高いが、それでも毎日必ずという訳ではなかった。過去の写真の日付を見てみると、二日や三日の空きはよく見られる。

私の思惑を読んだように、綾は言った。

「違う、そっちじゃなくって。ステップスのほうよ。ことあるごとに更新してたのに、最近全然でしょう？」

ステップスとは、通常の写真投稿とは違い、二十四時間で消えてしまう投稿のことだ。

普通の投稿は基本的には残るので、自分のアカウントの世界観にその写真が合うかどうかを選別しなければならない。とくに私はフォロワーを増やすために、かなり気を遣っている。その点ステップスはすぐに消えるので気軽にアップでき、より日常に近い写真を見せられるのだ。

私は歩いている時の景色だったり、練習中の風景を投稿することが多い。写真だけでなく画像編集でちょっとした文章も入れられるので、『今日は疲れた〜』だとか『暇だ〜何しようかな』といった、ひとり言の延長としても利用している。

言われてみれば、ここ一週間はステップスも使っていなかった。最後に投稿したのは先週で、温美との焼肉・ラーメン・スイーツバイキングという、路上ライブ後の怒濤の食べ歩きだった。

ＰＶの再生数の伸びが悪いと分かってからは、どうもＳＮＳ更新に気が乗らないのだ。

「ああ……何か体調悪いかも」

私はボソリと呟くように言った。

「大丈夫？」

「うん、もしかしたら、アレかもしれない」

「アレ？」

首を傾げる綾に、私はお腹の前で大きく半円を描いた。そのジェスチャーに彼女は驚愕の表情を浮かべる。

「え？　え？　に、妊娠したってこと？」

「うん、多分そうかも」

「えー！　それはえっと……おめでとう？　え、何て言ったらいいんだろう。ちょっと待って、誰の子？　え、いつ？　あれ、彼氏いたの？　え？」

あたふたと慌てふためく綾の姿に、私はプッと噴き出した。

「嘘だよ、そんな訳ないでしょ」

「もー！　変なこと急に言わないでよ！」

ぷりぷり怒る綾の顔に、私は再び笑いが込みあげてきた。

綾はすぐに人を信じる。言われたことを真正面から受け止める良い子なのだが、意地悪な私はたまにこうやってからかってやりたくなる。

「あー。笑ったら元気出た。ありがとう綾」

「何なの、もう。心配した私が馬鹿みたい」

そう言って綾はスマホをこちらに向けた。すぐにパシャッという電子音が鳴る。

「ちょ、ちょっと。やめてよ」

「さっき騙した仕返し。元気になったなら、心配してるファンの皆に見せてあげないと。皆の叶多ちゃんはちゃんと生きてますよ〜」

おっとりとした口調で言いながら、さっとスマホを操作する。そして、投稿後の画面を私に見せた。口に手を当てて大笑いする私。ギターケースを両肩に背負っているので、少々不格好である。が、そんなことなど気にも留めない様子で綾は「やっぱ映《ば》えるねえ。可愛い〜」と上機嫌である。

「……ファンなんていないよ」

「え？」

「私にファンなんて本当はいないよ。もしいたら、もっと再生されるはずだもん」

私の言葉に少々考える様子を見せた綾だったが、やがて、

「ああ、ＰＶのことね」

と、納得した様子で言った。

「一発目で三千再生なら、そんなに悪くないと思うんだけどなあ。私の友達もネットで音楽あげたりしてるけど、普段は五〇再生もいかないらしいよ」

「そうなの？」

「うん。三〇〇再生いったら泣いて喜ぶって言ってた。三千再生もいけば、倒れちゃうんじゃないかな」

「でも、私のメテオはフォロワーが多いんだよ？　そっちで宣伝もしてるのに……」

「それは仕方ないよ」

「仕方ない？」

「うん。だって、叶多のメテオは『叶多の見た目』が好きな人たちが集まってるんだもん。全員が叶多の音楽に興味ある訳じゃないよ」

「じゃあ、こっちのフォロワーが多くても意味ないってこと？」

「いや、ないよりは絶対いいよ。だって、叶多のメテオがなかったら絶対に三千再生もされてないと思うもん」

「…………」

「とにかく、地道に続けていけばいいと思う。良いものを作り続ければ、いつかきっと、日の目を見ると思うよ」

そう言って綾はパッと笑みを浮かべた。夜にもかかわらず白い歯に眩しさを覚える、澄んだ笑い方だった。

いままでの人生で他人に軽んじられたことのない人だけができる表情。綾はまさにそういうタイプの女の子だ。私からもっとも遠い場所の輝きを持っている。

その眩しさは、暗闇に生きる私の目を焼く。まるで太陽を直視した時のように。

――いつかきっと、日の目を見る。

たしかに一理ある。

もちろん、良いものを作り続けていくことはバンドにとって重要なことだと思う。だが、私にはどこかその言葉が空虚さを伴って響いた。

それよりも、自分がこれだと感じたものが既にあるのに、全くもって評価されていない、それどころか見られてもいないという、この『現状』が苦しいのだ。

もしかしたら、私の感性はそこらへんにいる人と変わらないのではないか？　自分の作り出すものは何か特別なものを秘めている、自分は他人とは違う才能がある……そう思い込んでいるのは自分だけ。……いや、アートの世界に身を置く全員が同じことを思っていて、大した成果もあげないまま消えていく。……私も単なるその大多数のひとりではないか？

――自分は、どこにでもいる平凡な人間。

それを自覚することは、私にとってもっとも避けたい事態だった。

自分は人とは違う。家庭環境も容姿も考え方も全て、他の人とは違うのだ。目の前で屈託なく笑える綾のように、温室の中で外敵の存在など考えもしない生活を送ってきた訳ではない。

私にはいるべき場所がなかった。学校でも家でも、ひとりでいる時だって、そこを自分の居場所だと感じたことがなかった。

あの事故以来、常に誰かに見下されたり嘲笑されたり……否定されて、踏みにじられ続けた。

それでも今日まで生きて来られたのは、音楽があったからだ。

ニルヴァーナは伝説のバンドだが、私の周りで聴いている人なんてひとりもいなかった。それどころか曲を作っている人だってほとんどいなかったし、いたとしても流行の音楽の上っ面だけをサル真似しただけのものだ。

それは創作ではなく、ただのコスプレだ。

私は本物を知っている。本物の音楽を見極める才能があるし、それを自分なりに昇華して、誰も聞いたことのない唯一無二の作品を作ることができる。

できるはずだ。そうに決まっている。いや、そうじゃないといけなかった。

もし違ったら……。いままで誰にも認められず、受け入れられず、報われず、虐げられてきた私の価値は何だというのか。

自分の作る音楽がサル真似の奴らと同等——いや、それ以下の価値しかないとしたら、私の存在は……？

普通の環境に生まれて、普通の友達がいて、普通の学校生活を送り、普通の恋をして……。

何の不満もなく生きてきた人たちが、自分の特徴作りのために『アーティスト』などと名乗り、塵屑を恥ずかしげもなくひけらかす……。

私の作品が、そんなものよりもずっと社会的に認められないということなど、あっていいはずがなかった。

もっと認められたい。ファンに……いや、ファンだけではない、もっと『皆』に認められて注目されたい。

『いつか日の目を見る』なんて、悠長なことは言っていられない。いま、認められないと意味がないのだ。

全員に好かれる必要なんてもちろんない。私の音楽はそんな容易いものではない。

だが、『認知』は必要だ。聴かれる環境がなければ、そもそも作品を『好き』か『嫌い』かの判断だってできないのだから。とにかく『皆』に認知されなければ。

そのためにはどうしたら……。

三日後のスタジオ練習でも、動画の再生数が話題になった。

「そういえば」

と、ドラムセットを準備しながら真理子が口を開いたのが発端だった。

「動画、全然再生されてなくない？　なんか、あんなに頑張ったのに拍子抜けって感じ」

一瞬、ピタリと全員の空気が固まった。口には出さないものの、再生数に関しては皆似たようなことを思っていたのかもしれない。

綾が私にしたようにフォローする。

「そんなことないよ。最初の動画にしては再生されてるほうだと思うよ」

「え？　そうなの？」

目を見開く真理子に、先日と同じ説明をする綾。だが、それを聞いた真理子の反応は鈍かった。

「まあ、分からなくもないけどさ。それでも、やっぱり労力に見合わない感じはするなあ。だって、皆ＰＶのためにバイト休んだり、遊びを断ったりした訳じゃん？」

「それはそうだけど……」

「しかも、この前対バンした人たち――居合莉沙ちゃんだったかな？　叶多の後輩の」

私は返事をしなかったが、真理子は気づかない様子で続ける。

「あのシェルターも昨日一本目のPVをアップしてたよ。一日で五万再生くらいいってた」

綾が目を見開く。

「え、そうなの？　知らなかった」

私も初耳だった。一日で五万……私たちとは桁が違う。

いくら音楽性や技術はCL⇅ROWNのほうが優れていると分かっていても、ここまで露骨に数字に表れると、やはり気持ちは沈んでしまう。自分たちの社会的な価値の低さを思い知らされたような気がしてならない。

――一番ファンが増える方法は、人を利用すればいい。手駒にすればいい。

あの日、莉沙の言っていた言葉がふと脳裏をかすめた。

真理子は続ける。

「まあ、ＹｏｕＴｕｂｅｒの彼氏が宣伝してくれてたから有利なのかもしれないけど。私もPV作りは楽しかったよ？　でも正直この再生数だと、じゃあ、また同じような苦労をしたいかっていうと、ちょっとなぁ」

そよかも続く。

「たしかに、一理ありますね。私も習い事やゼミもありますし……」

「いいなあ、そよかはバイトしなくてもいいんだから」

「そんなそんな……。アルバイトは怒られちゃうんです」

「は？　誰に？」

「えっと……家政婦さんに」

言いづらそうに声を落とすそよかだったが、全員が驚愕するには十分なものがあった。珍しくあたふたしながら深雪が尋ねる。

「……え？　家政婦さんって怒るの？」

真理子も続く。

「いやいや、その前に家政婦いることを突っ込もうよ！　え、そよかの家ってそこまでお金持ちだったの？　ちょっと裕福な感じなのは知ってたけど！」

「い、いや……、どこから話したら……」

うろたえるそよかだったが、綾が追い討ちを掛けた。

「そよかの家、マジでやばいよ。だってほら、このバンド組むってなった時に買ってきたキーボードもプロ仕様のやつだったじゃない？　普通に四〇万くらいするんだよ？」

普段会話に参加しない深雪も、興味深げに目を見開いた。

「……ねえ、家政婦さんって怒るの？」

「そうですね……。うちにいてくださる方は小さい頃から働いてもらっているので、もうお手伝いというよりは半分親のような感じで」

「いいなー。うちなんて、バイトしなきゃひとり暮らしさせないって言われたくらいなのに」

不貞腐れながら真理子はスネアドラムをパンッ、と叩いた。そしてチューニングキーをボルトに差し、少し回してから再び叩く。

私はエフェクターのノブを回しながら、その会話に胸が締めつけられた。

彼女らにとってはこのバンドが、バイトや習い事や大学のゼミと同等の比重しかない。私の中の何か重要な部分を否定されたような気がした。

おそらく、バンドに力を入れていないとか、そういう話ではない。それは分かっている。

彼女らは皆、全てのことに対して同程度の労力を向け、時間を振り分けることができるのだ。バンドとバイト、バンドと習い事、バンドと遊びといったように……。

私は違う。このバンドしかないのだ。

CL⇅ROWNを結成して以来、別のことに全く手をつけられていなかった。ちゃんと続けているものはメテオくらいで、とにかく二十四時間、生活の全てをバンドに捧げてきたというのに。

皆、もっと注目されたくないのだろうか。

――「叶多についていく」、って言ってくれたのに……。

私は気を紛らわせようとスマホを取り出した。

自撮りをアップしようとアプリを開いてみるが、画面に映る自分の目が、輝いていないように思えてならなかった。撮る気が失せて、スマホを再びポケットにしまう。

彼女たちのように人生をそつなくこなせるタイプの優秀な人種を目の前にすると、とても辛い。人生をしっかり積み重ねてきた人を見ると、私は自分という人格が否定され、踏みつけられ、愚かで矮小でとるに足らず、軽んじられても仕方のない存在だと思ってしまい、劣等感で胸がむせ返りそうになる。

いつか音楽で名を馳せ、皆に認められて有名になる……。その夢がなければ、苦しくて今日まで生きてこられなかった。普通の人生を生きられる彼女らは、私には痛いほどに眩しい。

現実を突きつけられる気がするのだ。

——私は何者にもなれない、卑しい人間なのだと。

そのモヤモヤとした気持ちを振り切るように、私はギターにピックを振りおろした。

ジャーンッ！　と心地よい歪みに乗って、六本の開放弦音がアンプから飛び出してくる。ごく軽く歪んだ音。足元のエフェクターをオンにし、その上に入力信号を増幅させる。過剰なまでにドライブさせたサウンドは、頭の中に広がり掛けていた濃霧を一瞬で吹き飛ばしてくれた。

「おお！　いい音！」

真理子が歓声をあげ、バスドラムとクラッシュシンバルをシャーン、と同時に鳴らす。そしてそのままミドルテンポで8ビートのリズムを刻みはじめた。引き締まったハイハットに寄り掛かるように、私はパワーコードでアクセントをつける。四小節も弾かないうちにそよかと綾も音を合わせはじめた。

突然始まったセッションに、先ほどまでの私の暗い気持ちは完全に引っ込んだ。サウンドがみるみる呼吸をはじめて転がっていく。

私は思いつくままに歌ってみようと、マイクに口をつけた。だが声を出そうとした瞬間、突如として荒々しいトーンのギターが出現した。小節中盤の半端な当たりから無理やりねじ込むようにして、極太のチョーキングビブラートが絶叫する。

深雪だった。いつもの音より力がこもっていて、力ずくでサウンドの先陣を切ろうとしているようだった。凄まじい高音域の速弾きとアーミングで突き抜けていく。

こんなに感情的なギターは、少々彼女らしくない。そんな深雪を、そよかと綾は子供の遊戯を見るような目で見つめている。

その時、私は唐突に理解した。

――深雪は嫉妬しているのだ。他の誰でもなく、私に対して。

ギターの音を真理子が褒めたことが、彼女にとっては癪だったのだろう。日頃からサウンドに関してとくに強いこだわりを持っている深雪は、自身のプレイに対する評価には過剰なまでに敏感だった。口にこそしないものの、普段、深雪の練習はじめの最初の一音は弱く、メンバーの顔色をうかがうようにチラチラと見ることが多い。

試しに即興でリフを弾いてみる。私は四小節の短いフレーズを、挑発するように強いピッキングで鳴らした。すると、二回繰り返して弾いただけで深雪はそのフレーズを完璧に模倣し、更に一オクターブ上でユニゾンして絡めたソロを弾きはじめた。あくまでもペースは握らせてくれない。

私は彼女の嫉妬ゆえに全力の音を鳴らす様に愛くるしさを覚えながら、渾身のシャウトをするために息を大きく吸った。

CL⇅ROWNは良いバンドだ。こんなに凄い音を出せている。

後は世間が知るだけなのだ。流れに乗ることさえできたなら、私だって……。

禊太編

刑事さん。

いまでこそ『世界的ヒット曲を生んだバンド』という煌びやかなキャリアを持つCL⇅ROWNですが、他のバンドと同じように、彼女たちにも辛い下積み生活があったのです。

とくにバンド活動をはじめてから『Errormind』のPVを発表した頃は、叶多と真理子がよくぶつかっていたと聞いています。

「こんな誰もいないところでライブして意味あるの？」

結成して二回目のライブ終了後に、真理子は言いました。その日、地下のライブハウスでCL⇅ROWNを見た客は三人でした。皆、大学の友人たちです。苦しそうに叶多は、

「意味はあるよ、絶対」

とだけ答えます。が、間髪を容れずに真理子は畳みかけます。

「どんな意味があるの？　客席よりもメンバーのほうが人数多いって、みっともないんだけど」

「それは……いまはそうだけど、もっと回数を重ねたら……」

「回数？　これがずっと続くってこと？　ガラガラの客席にいるのは、自分たちの友達だけ。これでいつか、意味のあるライブができるようになるってこと？」

「それは、だって……」

「まあまあ、落ち着いて」

怒りが目に見えて噴き出した真理子を、綾がなだめます。

「駆け出しのバンドなんて、こんなもんだよ。ほら、よくアーティストのインタビューとかにも書いてあるよ？　最初のお客さんはスタッフだけだったとか、親と親戚しかいなかったとか……。皆、通る道なんだよ」

「そうですよ」

と、そよかも続きます。

「むしろ、私はいまの演奏を大勢の前で見せなくて良かったと思います。真理子、今日だけで何回間違えましたか？」

「いや、それは……」

「練習と本番は全く別です。いまは大変ですけど、『本番の練習』だと思って、精進しましょう。まずはライブに慣れないと」

——きっとそよかも綾も、真理子と同じような不満を持っていたに違いありません。それでも、大きな衝突を避け、できるだけ穏便にことを収めようとしていました。ふたりの尽力がなければ、おそらくこの時点でバンドは終わっていたかもしれません。

ただ、『客は三人。皆、大学の友人たち』という真理子の認識が、ある意味では間違いだったということに、すぐに気づかされます。

後日、コアな音楽ファンの間では有名な下北沢のライブハウスのブッキング担当者から、ＣＬ⇅ＲＯＷＮに連絡が来たのです。『チケットノルマは取らないから、毎月二回程度イベントに出てくれないか』というものでした。演奏技術はまだ未熟だが、楽曲や叶多の声には将来性があると評価してくれたのです。

チケットノルマというのは、バンドがイベント出演の際にライブハウスや興行主から課せられる『売らなければならないチケット枚数』のことです。

CL⇅ROWNのような駆け出しの知名度のないバンドは、出演条件として売上の最低保証をさせられることがほとんどなのです。所定の枚数が売れなければ、その分はバンド側の買取となってしまいます。たとえば、一枚二千円のチケット十五枚がノルマだとして、五枚しか売れなかった場合は、残りの十枚×二千円の計二万円は自腹で支払わなければなりません。

このノルマに、バンドは苦しめられるのです。最初のうちは仲の良い友人やバイト先の同僚を呼ぶことで、何とかお金の持ち出しを防ぐことは可能ですが、それも限界があります。皮肉なことに精力的に活動すればするほど、この『チケットノルマ制度』に首を絞められ続けるのです。バンド経験のない方は、こんなシステムがあることも知らないでしょう。叶多もそうでした。

良い音楽を作れば、自然とステージに立てるものだと思うのが普通ですから。

「つまりライブハウスの収入の多くは、来場者だけではなく出演者からも得るものなのです。『劇場の顧客』とは見にきた人間だけでなく、ステージに立つ人間も含まれています。

それを踏まえると、CL⇅ROWNに提示された条件は破格だということがお分かりいただけると思います。もちろん、断る理由はありませんでした。

それ以降、同年十月までの約半年年間、CL⇅ROWNは、そのライブハウスを拠点として活動を展開していきました。やがて『可愛いルックスと、格調高く骨太なロックサウンド』というイメージが評判を呼んでいきます。

十月――そう、叶多に突如降り掛かったあの一件があった月です。

これはもう少し後でお話しさせていただきます。その前に、CL⇅ROWNの当時の音楽性についても、お話ししておいたほうが良いでしょう。現在、一般的に広く知られているイメージとは異なるでしょうから。

たとえば……初期に叶多が作っていた楽曲の中に、『かわいい女』という楽曲があります。

「笑わせないで」と　笑わずに言った
そして引き金を引いたように　女は饒舌になった
「どんな思いで、この顔になったか。どんなお金であなたを雇ったか……ねえ分かるかしら？」
そんなことを言っている場合じゃない
君はきっと狙われている
街から出たほうがいい
そのかわいい顔が本当に大事なら……

聴いていただければ一発で一般受けするものとは違うCL⇅ROWNの感性を見て取れるかと思います。

とくに叶多の詞の文学性は特徴的で、普通の同世代の女の子が書きそうなものとは別物でした。一曲一曲がまるで一遍の小説のように、物語をはらんでいます。影響を受けた文学もハメットなどの初期ハードボイルドから、詩人ウィリアム・バロウズや三島由紀夫と多岐にわたります。先ほどの『かわいい女』も、題名どおりレイモンド・チャンドラーのオマージュですし、『Ｅｒｒｏｒｍｉｎｄ』は白雪姫の毒りんごから着想を得ています。

作風だけでなくその詞の世界観の作り込みからも、いかに叶多がバンドに尽力していたか、お分かりいただけるのではないでしょうか。

では、なぜ有名になれないのか？　有名になって自分が皆に認められるためにはどうしたら良いのか。

実際、彼女の野心には鬼気迫るものがありました。

その分、求める水準は高く、またこの時期から少しずつ露呈してきたメンバー間のバンドに対する温度差も、ＣＬ⇅ＲＯＷＮの『人気のなさ』から来るものだと考えていたのです。自分たちの実力と、置かれている状況が嚙み合っていないという状態は、多かれ少なかれメンバーそれぞれ思うところがあったようなのです。

これを打破するには、もっと上のステージに行くことが必要不可欠だ、と叶多は考えました。目に見える評価を得ることができれば、問題となっている『メンバー間のモチベーションの差』は解消されるのではないか、と。

初めて音合わせをしたあの時の感覚は、どこか遠くなってきている。あの時に全員が感じた、このバンドの実力に対する確信を、再び呼び戻したいと考えたのです。

刑事さんも共感する部分があるのではないですか？　交通違反の取り締まりばかりしている人間に対して『刑事としての誇りを持て』なんてこと、言えないでしょう。やはり花形である大きな事件に関わってこそ、周りに認められ、初めて大言を叩けるのではないでしょうか――そう、わたしの事件のような。

『ガールズバンド連続強姦殺人事件』

誰が言い出したのでしょうね。いつの間にか定着し、世間では至るところでこの一文が躍っています。

――ええ、そうです。私が首謀した事件です。CL⇅ROWNメンバーが次々と強姦されたうえに殺害されていった一連の事件……。

CL⇅ROWNは若く将来性があり、ルックスも良い。とくに叶多はメテオラリーのフォロワーも多く、お店や企業の宣伝をしたりして収入を得たこともあるようです。

他の四人も叶多ほどフォロワーを抱えていた訳ではないものの、大学のミスコンなどの出演を打診されたりはしていたようですので、バンドの見栄えは高水準だったといえます。

ただ、だからといって有名になれるかというと、そうもいかないのがエンターテイメント業界です。

バンドの音楽と演奏技術、メンバーのルックスが一定水準以上だからといって、一定水準以上の結果を残せる訳では決してありません。相当な運も必要です。

何しろ、世の中には自己表現をして脚光を浴びたい人間が多すぎるのです。本当に光の当たる人間は、その中のごくわずか……多く見積もっても一パーセント程度のもの。後の人たちは何というか……存在しないようなものでしょうね。

技術やルックスやコンセプトと、人気の出る出ないは全く別のものなのです。高水準の人間なんて、掃いて捨てるほどいます。

荒波を抜け出し、大衆の前に立てる人というのは——あえてここは詩的な表現をしますが、運命に導かれた人だけなのです。同じように苦しみ、同じように高みを目指し、苦悩している人々……。その中のひとりにだけ、ある日突然、天から蜘蛛の糸がそっと降りてくるのです。

ただ、だからこそ豊かな感受性ひとつで登り詰める可能性があるのも事実です。

ハイレベルな技術を持った人より、シンプルでも音楽を通して感動を伝えられる人間が成功を収める……。単純な努力量だけではない、生まれ持った直感的なもの——いわゆるセンスのある人間のみが、育った環境や恵まれた教育を飛び越え、その先へ行き、皆を認めさせることができる……。

ある種、理不尽なことも起きる。これこそがエンターテイメント業界の面白さであり、同時に怖さでもあるといえます。

CL⇅ROWNをプロデュースしてつくづく感じましたが、そういった意味で彼女たちは非常に恵まれていました。

最初のPV制作に関して意見が割れていたCL⇅ROWNでしたが、「労力の少ない方法で動画を作ろう」ということになり、次からは一本目のような力作ではなく、バンドのアーティスト写真に音源と字幕を入れた簡単なPVを五本作り、投稿しました。また、世界中に音楽を共有できるクラウド上のサービスにも楽曲を発表しました。

そうやってライブ活動を重ねながら、ネットでも地道に活動を増やしていたCL⇅ROWNに、突然転機が訪れます。八月三十日のことでした。

再生数にメンバー皆が不満を漏らしていたPV、『Errormind』でしたが、アクセス数がある日突然、十万再生に急上昇したのです。

再生数というのは一度増えると、関連動画に表示されやすくなる――同じ系統の動画を見た人が、自分たちの動画へアクセスしやすくなるので、より数字が伸びやすくなります。これにより、音楽好きが集まるSNSで話題になり、新人バンド発掘に力を入れている有名ブログで紹介されたのです。

結果的には、投稿からちょうど一ヶ月後の九月二日時点でトータル十八万アクセスと、初動画としてはかなりの好スタートを切ることに成功しました。

また、それをきっかけに複数のインディーズレーベルから声が掛かるようにもなりました。この状況になるまで何年も活動しなければならない者や、そもそもそこまでたどり着くことのできない人たちも多い中で、結成して間もないCL⇅ROWNは運も味方につけられていた。

もっとも、そんな状況は長くは続かなかったのですが……。

叶多編

メルトダウンレコード、グランドソードサウンド、マッドキャットレコーズ……。

九月に入ってすぐ、結成五ヶ月を待たず、大小合わせて五社のインディーズレーベルから、CL⇅ROWN専用メールアドレスへオファーが来た。

初めて聞くレーベルから、若手の登竜門と呼ばれるレーベルまで幅広い。とくにマッドキャットレコーズはヒットチャート常連の大型バンドを数多く輩出していて、そこからCDを出せれば『ブレイクへの最短ルート』とまで言われている。商業的な戦略において時代の一歩先をいくレーベルだ。

だが必ずしも、インディーズレーベルはメジャーレーベルの前段階、という立ち位置ではない。マッドキャットレコーズは典型的なそのポジションだが、逆に商業ベースの実績を度外視してでも、後世に残る作品作りをしているレーベルもある。

今回来たオファーの中では、メルトダウンレコードがそれだ。所属するアーティストは皆、独自の表現を追求していて、そこまで音楽に興味のない人からすれば全くもって理解できないものも多い。だが、その分コアな音楽ファンにはカルト的な人気を博していて、毎年行われるレーベル主催のフェスは、日本のみならず世界中からファンが集まる。いわゆる、日本のアンダーグラウンドシーンの先陣を切る存在だ。

ビジネスベースのレーベルと、ワークベースのレーベル。その代表格どちらからもオファーが来たことに、私は涙が出そうだった。

つまるところCL⇅ROWNは、商業的にも芸術的にも未来があるということになる。もちろん、まだ結成して日が浅いので、必ずしも成功するとは限らない。だが少なくとも、可能性を感じてくれる人はいる……それも、音楽的なバックグラウンドを持つ人たちだ。その事実は、私の胸を震わせた。

翌日。スタジオに入った私は練習前に、メンバーへ現状報告をした。だが、予想に反して反応はあまり芳しくなかった。

そよかと綾は手を叩いて喜んでくれたのだが、深雪と真理子は首を傾げた。真理子は何か思うところがあるような表情をしていて、深雪はそもそもどういうことなのか理解できていない様子だった。

「そもそもなんだけどさ……」

真理子が口を開く。

「いまの時代、インディーズレーベルに所属する意味ってあるの？」

「え？　何で？」

「だってそうでしょう？　そりゃあ、昔は自分たちでレコーディングしたり、ＰＶの撮影をしたりできなかった訳だから、入ったほうが良かったんだろうけど。いまは自分たちで発信できるじゃん。ほら、この前の私たちの動画だって、自分たちだけで作ったでしょう？」

深雪も頷く。

「……私もよく分からない」

「私たちはさ、誰の力を借りる訳でもなくアクセスを伸ばせたんだよ？　何か、それにタダ乗りしたいだけなんじゃないかって思うな」

真理子の話に続くように綾が疑問を投げた。

「えー。でもさ、レーベルのほうが、私たちなんかにそんなこと考えるかなあ？」

「いまはどこも苦しいみたいだからね。ちょっとでも可能性があるところには、声を掛けておきたいって思ってるんでしょう。それに、詐欺まがいのところも多いって聞くよ？　レッスン料とか所属料とかふんだくって、何もしてくれないなんて言われてるところもあるじゃない？　売れてもギャラの未払いでトラブルとか、よく聞くよ？」

「……まあ、そうだけど」

私は愕然として言葉を詰まらせた。誰も見向きもしない状態から好転すれば、メンバーのモチベーションが少しはあがると思っていたからだ。

インディーズレーベルからの打診は、私たちのバンドにとっては願ってもないチャンスだと思っていた。この状況までこぎつけられない人たちだって、山ほどいるのだ。なのに、これでも、バンド全体の士気があがらないなら、一体どうしたらいいのだろう……。

「まあ、とりあえず」

そよかが口を開いた。

「浮かれすぎるのは良くないってことですね。レーベルに入ったからといって、私たちの何かが劇的に変わる訳では、決してないと思いますよ」

深雪も続く。

「……活動するのは私たちでしょ？　返事、少し待てば？」

その言葉に、私以外の全員が頷いた。絶好のチャンス、なかなかない話なのに、うやむやのまま流れていく……無性に孤独を感じて、涙が出そうになる。

私は所属する前提で考えていた。けれど、いま感じた孤独は違う種類のものだ。所属するしない以前に、オファーが来たということを、皆で喜び合いたかった。

だが、私のことなど気にも留めずに、綾はいつもの陽気な調子で言った。

「要は、今回みたいないいものを、作り続けられたらいいってだけの話だもんねえ！」

真理子もニヤニヤと茶々を入れる。

「そうそう。そよかと叶多が、ね」

「もー！　皆で作るのー！」

「あ、そうでした」

思い出したようにそよかが言った。

「新曲作ってきたんです。ちょっと聞いてもらえます？」

そう言って、キーボードの設定をピアノの音に変更して、弾きはじめた。

緩やかなテンポでAフラットからFm7、Dフラットと静閑にコードが並べられていく。淡々とした音の運びの中に、言いようのない情緒が含まれている。胸がざわざわする。まるで、大切な人が遠くに行ってしまうような……。

「あ」

と、私は思わず声をあげた。鍵盤に置いた手を止め、そよかがこちらに目をやる。

「これ、雨の歌だ」

「そう聞こえました？」

「うん。なんか、冷たくて寂しかった」

窓の向こうの雨粒をぼんやりと眺めているような曲だった。静かな曲だが、よくあるようなラブバラードという訳でもない。まるで、漠然と何かを諦めるような感覚。

「叶多はロマンチストですよね」

「え、そうかな？」

「うん。いいと思います。歌詞、書けそうですか？」

そよかの言葉に、私はこくりと頷いた。

と、その時。ごく小さく刻むハイハットの音がした。目をやると、眉間にシワを寄せた真理子がうーんと唸っている。

「これさ、こんなに遅くないと駄目なの？」

「駄目です」

間髪を容れずに、キッと睨んでそよかが言った。曲作りの時、そよかは人が変わる。真理子でさえ、いつもの軽口を叩けないほどに。

「何？　このテンポじゃ叩けない、と？」

「いや、叩けないって訳じゃないんだけど……。相当難しいな、と……」

「難しい、から？」

「いや、その……」

「難しいから何です？　やりたくないと？」

「え、そういう訳じゃなく……」

「じゃあ、やってください！」

ジャンッ！　とそよかはキーボードを力強く叩いた。びくり、と真理子の体が跳ねる。

その日の練習は、真理子へのリズム指導に終始することになった。ドラムを遅いテンポで叩く、というのは高難易度である。音の強弱を摑んでいないと、うるさすぎたり、音がのっぺりとしてノリがなくなってしまう。更に、一つひとつの音の間隔が広いので、少しのミスでも目立ってしまうのだ。

とくに、ロック系の激しいドラムスタイルが基本である真理子の苦手とするテンポだった。

いつも彼女は感情のおもむくまま、まるで野生動物が獲物を追うようなプレイをする。凄まじいポテンシャルと体力で、勢いを一切衰えさせずにどこまでも突っ走っていくのだ。その分、細かいブレも生まれるが、綾の正確無比なベースの支えにより、逆にそれが味わい深い個性となってCL⇅ROWNのサウンドの基盤を作っていた。

だが、今回そよかからごまかしのきかない演奏を要求された真理子は、これまでの悪行が露呈した子供のようにバツの悪い表情を浮かべ、叱られながらドラムを叩くことになってしまったのだった。

結局、最後までそよかの納得いくものにはならなかったようで、そよかは「次の練習までの課題です」とぴしゃりと言い放ち、ピリピリとした空気の中、その日の練習は終わった。

それから一週間後、私たちは再び話し合いの場を設けた。

九月最初のライブが四日後に迫っていた。所属を前向きに検討する場合は、CL⇅ROWNのライブを見せてもらいたいと言ってきたレーベルもあったので、そろそろ内々では話をまとめておかなければならない。

深雪は作品作りのプラスになるだろうと、メルトダウンレコーズを志望し、真理子はそもそも所属に反対と、メンバー内でも意見は割れていたのだが、最終的なCL⇅ROWNの意向としてはもっとも商業的な実績のある、マッドキャットレコーズへ所属しようという意向で決定した。

最初のメールを受け取ってからすでに一週間返事を待ってもらっているので、今夜にもマッドキャットレコーズにメールをすることにした。

話し合いを終えた私は早速メテオを開く。メンバー全員の写真とともに『近々、嬉しい報告ができます！　楽しみ！』と投稿した。すぐにフォロワーから喜ばしいコメントがつく。PVをきっかけに、バンドから私のメテオを知ってくれる人がかなり増えた。少し前までは私のルックスだけを求めていたフォロワーだったが、着実に層が変わりつつある。

たとえば、いままでは練習風景の動画を投稿しても反応が芳しくなかった。いつもの音楽以外の写真の反応と比べると十分の一あるかどうか、という状態だったのだ。

それほどにはっきりと、フォロワーは自らが求める情報とそうでないものとの分別をつけている。が、いまはようやく、いつもの投稿の半分程度の反応をもらえるようになっていた。

ただ、バンド関係の投稿が多くなってきたので、離れるフォロワーも当然いた。はじめは減っていく数字に悲しみを覚えていたが、いまはそれと同じくらいに音楽繋がりでのフォロワーが増えてきている。数の上下が激しいが、新規のフォロワーも増えて三万フォロワー前後をキープしている。

良い循環過程といえるのだろうな、と思う。

……いや、そう思いたいだけなのかもしれない。

数字が大きく上下することに、不安がないといえば、嘘になる。

フォロワーが減るたび、私は皮膚を裂かれるような痛みを感じていた。その数字が戻れば、傷は一時的には治癒する。ただ、そこは前のように綺麗な肌ではなかった。血が固まり、かさぶたで覆われただけなのだ。また同じ傷を受ければ、次は前回よりもずっと深く痛む。

そうやって、少しずつ痛覚を麻痺させるように、私は作詞と練習に没頭した。

――きっといい方向へ向かえている。

時には自分を騙したり、都合の悪い真実だと思えるようなことから目を背けたりしないと、重力を失って自分が宇宙の彼方に消えてしまいそうな……そんな気がして、怖かった。

こんな状況にいつまでもいたらあっという間に自分が自分でなくなりそうで、私はしがみつくように、バンドの前進に意識を集中させた。

だが、レーベルに所属希望の連絡をする前に、事件は起きた。

それは、その日の夜、バンド練習から帰ってきた時のことだった。

私がいつもどおりメールチェックをしていると、五通のメッセージが届いていた。どうやら、全てオファーのあったレコード会社からのようだった。送信された時間はどれも夜七時台。ちょうどバンド練習をはじめた頃である。

全てのメールの件名は同じようなもので、最初に開いたマッドキャットレコーズからのメールの件名には『レーベル所属に関してご報告』とあった。

――嫌な予感がした。

それは直感だったが、どこか確信めいたものがあった。おそらく人の心には不測の事態に備えて、受け身を取ろうとする本能があるのだろう。そうしなければ、精神的な均衡が崩れてしまうから。

……崩れる？　どうして？

私は自分の脳裏に突如現れた言葉に、自ら疑問を投げた。

――いま考えれば、それは死ぬ直前に見るという、走馬灯のようなものだったのかもしれない。

『今回の所属に関しては、見送らせていただく形となりました』

端的に言えばこの報告を、メールの文面ではかなり回りくどく、棘のないように丁寧に描かれていた。

他レーベルからのメールも同様で、言い回しこそ多少違えど伝達したい要件は全て同じだった。

CL⇅ROWNのレーベル所属のプランは、一気に白紙となってしまったのだった。

私は慌てて返信を打った。とにかく理由を知りたかった。

これが、一社からだけなら分かる。

私たちはぽっと出のバンドだし、社内で反対意見が強くなったとか、オファーから返事をするまでに少し時間が空いたので、代わりのバンドが所属することになったとか……ありえない話ではない。

だが、全てのレーベルが同じタイミングで、というのは絶対におかしい。何かあったに違いない。

五社に連絡をしたものの、時間も時間だし、メールの返信がすぐに来ることはなかった。

まるで口裏を合わせたような行動に、私は余計に苛立ちを覚えた。

諦めがつかず、所属の意向を決めていたマッドキャッツレコードからのメールを再び見てみると、一番下に担当者の名前と携帯番号を見つけた。スマホを取り出し、早速掛けてみる。すぐに男性の声がした。

「はい。こちらマッドキャッツの……」

「あの、CL⇅ROWNというバンドの大家叶多と申します」

向こうが名乗るのも待てず、私は自分の名前を告げる。すると彼は「あ」と小さく声を漏らした。

「今回のレーベル所属について、私たちも話し合いをしました。連絡が遅くなったことは申し訳なく思っております。こちらとしては、是非マッドキャッツレコードさんにお願いしたいと思っているのですが……」

「あー、すみません。入れ違いだったのかな？　もしかして、メールが送られていなかったですか？」

「いえ、来ていました」

「そうでしたか。いやはや、こちらの勝手な都合で申し訳ないと思っているのですが、今回はちょっと、ということになってしまいまして……」

「どうしてですか？」

「……え？」

「どうして、私たちの所属が駄目なんですか？」

「どうして、というのはその……。やはりいまはタイミング的に、と言いますか……」

歯切れの悪い反応に、私は痺れを切らした。

「あなただけじゃないんです」

「……え？」

「オファーが来ていたのは、御社だけではありませんでした」

「ああ！　そうでしたか。それは良かったですね。なるほど、たしかにいいバンドだもんなあ……、ああいうことがあっても、ほっとかないところはあるか」

「ああいうこと？」

聞き返すと、電話越しから汗が飛んできそうなほどに彼は慌てた。

「あ、いや、申し訳ありません。嫌味を言うつもりは決してなく……」

気まずい空気の中、私はふっとひと呼吸置いて言った。

「理由を知りたいんです。実は、他にも所属の依頼は来ていました。ですが、今日になって急に全部のレーベルから『白紙にしてほしい』と連絡が来たのです。どういうことか全然分からなくって」

「え？　知らないんですか？」

意外な反応だった。私はますます訳が分からなくなってしまった。

こちらが黙り込んだのを気遣ってか、彼は優しく言った。

「〝CL⇅ROWN　叶多〟……で検索してみてください。僕からはこれしか言えません。それでは」

「ちょ、ちょっと」

ぶつり、と電話は一方的に切られた。

――〝CL⇅ROWN　叶多〟で検索……？

嫌な予感は加速した。パソコンのブラウザを開き、言われたとおり検索エンジンに文字列を入力する。

と、その時。表示された検索予測に私は愕然とした。

『CL⇅ROWN　叶多　整形』

……まさか！

ぐらり、と遠のきそうな意識を何とか保つ。

全身に冷や汗が一気に噴き出してくる。

目を逸らしたいのに、できない。

瞬きも怖くてできず、目がみるみる乾いていく。私は息もできないまま、検索ボタンを押した。

『話題の新人ガールズバンドＣＬ⇅ＲＯＷＮ。ボーカル叶多、整形の証拠！』

すぐにネットニュースの見出しに行きついた。

あまりのショックに、椅子から転げ落ちそうになる。

嘘だ！

夢だ！　見たくない！

そう強く思っているにもかかわらず、指は勝手にその記事をクリックする。

そこには、私のプロフィール写真と、ＰＶで流れる顔のアップを切り取った写真、更には比較画像として私の十六歳の時の写真が載せられていた。

細い一重まぶたにぼってりとした輪郭、平べったく潰れた鼻に生え放題の眉毛、突出した唇に出っ張った口元……いまとは別人のような顔をしている――が、紛れもなく昔の私だ。

私はスマホを取り、メテオアカウントを開いた。

ついさっきまで三万人いたフォロワー数が、いまは二万七千人まで減っている。更新ボタンを押せば押すほど、その数字はみるみる少なくなっていく。

あまりのショックに、視界がそこでブラックアウトし、私は椅子ごと床に倒れ込んでしまった。

※

忘れもしない、二〇一三年四月二十五日の朝。

中学一年生の私はいつもどおり通学のため電車に乗っていた。父は鉄道会社に勤めており、その電車の運転士は父だった。

イヤフォンをつけようとした時、ふっ、と私の体は重さを失った。次の瞬間、そのまま天井にバン！　と叩きつけられる。かと思えば、痛みを感じる間もなく、一気に車両後部のドアに顔からぶつかった。

地球の重力が右に左にと、次々に移動しているような感覚。中の乗客が皆、段ボール箱の中の荷物のように、そこら中にぶつかったり宙に浮いては床に叩きつけられた。

——脱線事故。

気がついた時には、車両の外だった。目を覚まし、顔をあげると、そこは地獄絵図だった。血の匂い、助けを求める声、サイレンの音……。

阿鼻叫喚の事故現場の中で、私は体の力がふっと抜けるのを感じた。そのまま意識が遠くなっていった。

次に気がついた時には、病室のベッドの上だった。真っ暗な室内で目を覚ましたものの、視界は闇に覆われ、目を開けているのか閉じているのかも分からない。

ややあって、少しずつ目が慣れてきた。腕や鼻からチューブが伸びているのが分かった。そのチューブは点滴の袋から私の体につながっている。その上から包帯が巻かれているのも分かった。ベッド脇には心電計が置かれており、ピッピッと冷たい電子音が鳴っていた。闇に慣れた目に映る一つひとつが、私の巻き込まれた事故の大きさを物語っていた。が、不思議なことに痛みはない。痛み止めを処方してくれているのか、それとも痛みを感じないほど時間が経っているのか、その時の私には分からなかった。後から知ったことだが、理由は『そのどちらも』であった。何せ四日間も眠っていたのだから。

時計は深夜二時を指していた。私のいる病室だけでなく、病院自体が眠っているように静かだ。私は体を起こし、ベッドを降りて立ちあがろうとした。が、それはできなかった。妙なものが視界に入ってきたからだ。

私が目にしたのは、窓ガラスに映る病室だった。そこには、顔や体中に包帯を巻いてベッドに腰掛ける自分の姿。それが私だと認識するのにも、時間が必要だった。

目の前の現実に、私は呆然と窓ガラスを見ていた。ミイラ男のようにぐるぐる巻きにされた包帯の間から、かろうじて自分の両眼が見える。驚愕のあまり見開かれた目――だが、右目にやや違和感があった。

引きつって引っぱられているような……自分の顔ではないような、奇妙な感覚。

私は意を決して、包帯をゆっくりと取っていく。

その下から現れたのは、まさに化け物そのものだった。

顔の右半分を覆っている青紫のケロイド、異様に膨らんだ頬、奇怪に引きつった唇……。事故により負った怪我の痕が、私の顔を不気味な化け物に変えてしまっていたのだ。

私はベッドからずり落ちるようにして床にへたりこんだ。床にボトボトと大粒の涙が染みを作る。それを両手で押さえようと、自分の顔に手のひらを当てた。が、変わり果てた顔のゴツゴツとした感触が手に伝わってきて、私の心を更に絶望へと突き落とした……。

※

はっと私は意識を取り戻した。久しぶりにあの夢をしっかり見てしまった。

目を開き、眩しさのあまり反射的に手で視界を覆う。カーテンから朝日が差し込んでいた。窓の向こうでスズメの鳴き声がかすかに聞こえ、子供達の笑い声もする。

どうやら、あのままベッドにも行かず眠ってしまったらしい。私はゆっくりと立ちあがり、全身鏡の前に立つ。昨日のワンピースをだらしなく着た、いつもの私。

ゆっくりと顔に手をやる——何も問題はない。こうして普通にしていれば、整形したことなど誰にも気づかれない……はずだった。

では、何故？

私は重い体を引きずりながら、倒れていた椅子をもとに戻し、再び腰をおろした。

パソコンの画面には昨夜と同じページが表示されている。メテオを開くと、フォロワーは一万七千人まで減っていた。

一夜にしてほぼ半分になってしまったのだ。

どうやら、この記事は夢でも何でもないようだった。マウスに指を置き、もう一度、一番上から記事に目を通す。

内容は、二度目の整形に関する記事のようだった。電車の脱線事故に関することと、一度目の整形には触れられてはいない。

――私はたしかに整形をした。

十六歳の四月と、十二月の二回。それでいまの顔を手に入れた。一度目の整形は、事故の怪我を治すためのもの。それをきっかけに美容に興味を持ちはじめ、ダイエットもはじめた。努力して一ヶ月で十五キロ落とし、十二月に大掛かりな美容整形手術を受けたのだった。

そのことを知っているのは本当にわずかな人間だけだ。漏れるはずがない。

メテオでフォロワーが増えはじめた頃にも、「どうせ整形だろ」と、中傷や言い掛かりとしか思えないようなことを書かれたりしたことがあった。

今回も、もしかしたらそういった類の根も葉もない噂レベルのものかもしれないと、昨日はショックを受けすぎて見られなかった記事内容に目を通していく。だが、整形箇所と指摘されている部分は、全て間違いなく私が二度目に手術を受けた箇所だった。

記事はデタラメではなかったのだ。そこには、紛れもない真実が書かれていた。

更に、気づいたことがある。

比較のために使われていた整形前の画像――私の高校時代の写真――が、一般的には出回っていないものだった。

三年前の冬、二度目の整形直前に温美とふたりで撮った写真で、彼女がスマホを持ち、カメラ目線でピースサインをしている（彼女の顔はモザイク処理がされていた）。その奥で、私がぎごちなく笑顔を作っているというものだ。

どうして、この写真が……？

この写真は、私のデュテオのほうにしか投稿していない。そもそもあのアカウントはもともとは温美のメテオを見るために作ったのだった。

一度目の整形をし、また二度目に手を出そうとしていた私を「いまのままで全然可愛いよ！」と懸命に止めてくれた温美。だが私の決意は固く、もうその決意は揺るがないと悟った温美は、「最後の記念に」とこの写真を撮って投稿したのだった。鍵アカになっているため、当時は温美しか見ることのできないものだった。

それから、整形後の私は別に新しくアカウントを作り、メタラーとしての活動をスタートさせた。が、表のアカウントではアップできない写真を、以前のアカウントに投稿し、それが事実上私のデュテオとなっていったのである。

あの記事は、そのアカウントから画像を転載していた。だが、現在私のデュテオをフォローしている人は、温美とバンドメンバーの、計五人しかいない。

……つまり。ニュースサイトにリークした犯人は、この中にいる？

突然、全身が震えた。私は思わず自分の両肩を抱くが、震えは治まらず、ガクガクと腕が振動する。

心を許せると思っていたはずの友人の中にこんな残酷なことをする人がいるかもしれない。そして、その意図はおそらく――私の夢を潰すことだ。

一体誰が……？

私はメテオを開いた。

昨日の練習後にアップした『近々、嬉しい報告ができます！』という投稿には、酷いバッシングや心ない中傷のコメントであふれていた。私はできるだけ読まないようにしながら、それらを削除していく。

どうして、こんなことに……。

私はショックと悲しみと悔しさと疑心暗鬼に襲われ、膝から崩れ落ちた。

その日のバンド練習は、急遽ミーティングに変更になった。

スタジオには異様な雰囲気が漂っていた。皆、一様に黙り込んで下を向いている。それぞれパイプ椅子に座ったまま、誰かが口を開くのを待っていた。そして、時折私の顔をチラチラとうかがうような動きをメンバー全員がしていた。

彼女らは、私に気づかれていないと思っているようだが、そんなはずはない。

痛いほどの沈黙。そんな中、雰囲気を少しでも和らげようとしたのだろう、そよかが恐るおそる口を開いた。

「そ……そういえば、最近、女子大生が襲われる事件が増えてるんですって。怖いですよねえ」

綾もぎこちない表情で言う。

「あ、ああ……。部屋にいきなり押し入るって話だよね。ひとり暮らしの人は気をつけないと……って、そよか以外は皆そうか」

二ヶ月前から都内で複数件発生している強姦事件のことだ。女性が部屋へ入ったところを襲うらしい。発作的な犯行ではないかと言われており、逮捕は時間の問題かと思われたが、いまだ犯人は捕まっていない。

深雪もボソリと口を開く。

「……私は大丈夫。色気ないから」

その言葉に真理子が軽口で反応した。

「いやいや、むしろ深雪みたいな子が狙われるんだよー？　本当、気をつけないと。私がボディガードになってあげようか？」

「……遠慮しとく。私のほうが強いから」

「深雪はこう見えて柔道二段ですよ」

そよかの補足に、真理子は露骨に目を見開いた。

「え!?　そうなの!?　じゃあ、むしろ私が守ってもらわないと」

「……自分の身は自分で守って」

動じる様子もなく、深雪は淡々と言った。

そうやって少しずつ口を開きはじめたメンバーを、私はぼんやりと見ていた。

彼女たちとはバンドメンバーとしてだけでなく、友人としても気心の知れた間柄だ。

私はバンド結成の際、自分の過去と整形をした事実をメンバー全員に話していた。私はバンドに本気だったし、また、家族を失った私にとって、このバンドはもうひとつの家族のように感じていたからだ。本当の意味で全てを受け入れてくれる人と、活動したかったのだ。

話すのはとても勇気が必要だった。が、全員がしっかり話を聞いてくれて、私の考えにも賛同してくれた。勇気を出して良かったと思えた。

打ち明けた後に綾が、「デュテオ、皆でフォローし合おうよ！」という提案をしてくれた。

表のアカウントだけでなく、裏アカまで教え合うのは、本当に気心の知れた人同士でないとできない。

私は躊躇した。恥ずかしいからではない。皆が私なんかのためにそこまでしてくれるのか、不安だったのだ。だが、誰も嫌な顔をせず、すぐに教えてくれた。その瞬間、私は救われた気持ちになった。ひとりの人として、ちゃんと向き合ってくれたと感じたのだった。

そんな人たちを疑うなんてできない。だが、あの写真をリークできるのもまた、このメンバーか、温美だけなのだ。

「あのさ」

彼女たちの話題を遮って、私は口火を切った。

「マッドキャッツレコードの件なんだけど、駄目になった」

「え？　駄目になった、っていうのは……？」

聞き返す綾のほうに視線だけやり、私は答えた。

「所属できなくなった。話は白紙になった」

「……そうだったんだ。残念」

他のメンバーも、湿っぽい表情を更に暗くした。

スタジオ内は再び息をするのも苦しいほど、重いムードに包まれていった。それでも、誰も『どうして駄目になったのか』と理由を尋ねてくる者はいない。

「後ひとつ、話があるんだけど」

私は重い沈黙を破った。

「所属できなくなったのは、ネットに書かれてたある記事が原因なの」

「…………」

まるで示し合わせたように誰も反応を見せない。

私は続けた。

「ネットニュースに私が整形したって書かれて、それが拡散された。もちろん、皆も知ってると思うけど……。で、マッドキャッツだけじゃなく、他のレコード会社も全部断られて……」

「え、全部駄目なの？」

聞き返す綾に、私は小さく頷いた。

「うん。……何か、ごめんなさい」

私は皆に向かって頭をさげた。理由はどうあれ、自分の過去がバンドの足を引っ張ったことに変わりはない。誰がリークしたにせよ、そもそも自分がデュテオの整形前の画像を消していなかったのも悪かったのだ。

もちろん、消し忘れていた訳ではない。そのままにしていたのは私なりに理由があった。それは……。

「叶多が謝ることじゃないよ！　だって、それは記事を書いた人と、そんなことで離れていく人たちが悪いんだから！」

私の思案を、綾の大声が吹き飛ばした。

「叶多が昔辛かったってことも、半端な気持ちで整形した訳じゃないってことも私たちは知ってる！　あの時、打ち明けてくれて私は嬉しかったよ？　自分を責めないで！」

「そ、そうですよ！」

そよかも続く。

「そもそも、今時整形なんて、珍しいことじゃないですし。だって、現に韓国のアイドルは皆整形してて、それに憧れたファンまで整形に手を出してるんですから。もしかしたら、叶多に憧れて整形するファンの方も現れるかも……」

「……そよか。それフォローになってない」

ボソリと深雪が突っ込んだ。

「私はべつにレコード会社のことなんて気にならない。それより曲を作りたい」

真理子も同意した。

「まあ結局、最初に戻っただけだしね。私たちがしっかり活動してれば、またいろんな話が来るだろうしさ。気を取り直してやっていこうよ」

言いながら、ふっと私と真理子の視線が合った。

その瞬間、彼女の表情がほんのわずか——後半歩でも離れていたらその変化に気づけないほど微量に、両方の黒目がピタリと硬直した。

一瞬のことだった。

おそらく、普段の私だったら分からなかっただろう——彼女が何かを隠しているのではないか、ということに。

もちろん、証拠はない。

だが少なくとも、私にとっては彼女のいまの目の動きこそが、真理子がリークしたという何よりの証拠に感じた。

それは、はっきりとした自白にも思えた。


それから数日間はライブに向けての練習で慌ただしく過ぎた。そして迎えたライブは、あんなニュースが拡散されたにもかかわらず大盛況だった。

私たちは、その夜、打ちあげの席で興奮した勢いで「早く次のＰＶを出そう！」と決めた。

というのも、先月よりも格段に集客力があがっていたのだ。私たちがアップした最初のＰＶでバンドを知ってくれた人はもちろん、私の整形記事をきっかけに知った人も相当数いたようだった。三〇人ほどだった客は一気に一〇〇人前後へと、三倍以上だ。

意外なことに、バンドは前進していたのだ。

しかも、いままでの前進とは性質が違う。これまではアクセス数だったりフォロワーの数字だったりと、全て画面の中だけでの数字の動きだった。レーベル所属の話だって、結局はメールの文面だ。実際に面と向かって誰かと会った訳ではない。

それがライブ動員数という形で直接実感できたのは大きかった。メテオのフォロワーは、また頑張って増やしていけば良い。本当に少しずつの進歩かもしれないが、やはり活動を止めないことが一番大事なのだ。

だが、バンドの好調を素直に喜べない自分もいた。やはり、真理子のことが引っ掛かっている。彼女があのサイトに整形をリークしたのでは、と考えるようになってからは、練習中もそっちが気掛かりで、どうも居心地が悪いのだ。彼女はそんな私の態度をさして気にも留めていない様子だが、疑いだしたらそういった態度さえも怪しく思えてくる。

……一度ちゃんと話をしなければ。

翌日。夜、衝動的にタクシーを拾い、スマホの地図を見ながら真理子のアパートへと向かった。家に行くのは初めてだが、何度か話に出たこともあって、最寄り駅とアパート名は知っていた。

彼女の部屋は皆が通う大学から自転車で十五分ほどの場所にあり、賑わう繁華街からは少し離れていた。都内だが、この辺りは駅前を離れれば閑静な住宅街が広がっている。とはいえ賃貸マンションは家賃が安めのわりにオートロック設備のある部屋が多く、学生には人気の場所だ。

真理子のアパートも、例に漏れずオートロックだ。表札を見て三階の部屋番号を押してチャイムを鳴らすと、スピーカーから「はい」と、真理子の声が聞こえてくる。スピーカーの上には小さなカメラが付いており、私の顔が向こうに見えているのだろう。私はできるだけ柔らかい表情を作り、そのカメラに向かって口を開いた。

「真理子、ちょっと話があるんだけど……」

「え、何、急に」

「開けてもらえる？」

「えー。来るなら連絡してよ」

「ごめん、もう来ちゃった」

私の言葉に、真理子はプッと噴き出す。

「彼女かよー。しかもめんどくさいタイプの。ちょっと待ってて」

ややあって、電動ドアがスッと開いた。

部屋の前まで行きインターフォンを押すと、「はーい」と真理子が扉を開けた。

彼女はタンクトップにショートパンツ姿で、私を部屋に招き入れた。普段はぞんざいで男勝りな彼女だが、肌を出した無防備な格好を見ると、そこはかとない色気を感じる。

だが、私が、女が羨むようなそれとは少し違う。それは、例えば美しいモデルや女優を見て感じるものとはまた別のもの——直接本能に訴え掛け、男なら思わず唇を奪いたくなるような、言ってしまえば下品な類のものだった。

私とは全くちがうタイプのメスなのだな、と内心嘲笑が湧いてくる。

……あれ？　私、真理子のこと、こんな風に思ってたかな？

自分の内側からふっと湧き出てきた感情に、自分でも驚き、困惑する。

フローリング七畳ほどの1Kの部屋には、シンプルなベッドとテーブル、衣装棚が置かれていた。意外にも綺麗に整頓されている。てっきりけばけばしいポスターが貼られたごちゃごちゃの部屋を勝手に想像していたのだが。

「そこ、座りなよ」

真理子はどんっとベッドに腰掛けるとテーブルの前のクッションを指して言った。

私はそれを無視し、立ったまま、いきなり本題をぶつけた。

「あの記事、真理子がリークしたんじゃない？」

「え？　あの記事って」

「分かってるでしょ。整形の……」

「ああ、あれ？　まさか！　そんな訳ないでしょ」

嘘だ。嘘に決まっている。

何故か確信めいた思いがあった。

いまの彼女の態度はそんなにおかしくない。いつもどおりの真理子だ。

だが、ここでの出方は参考にならない。いくら私が突然来たといっても、あがってくるまでにしらばっくれるための準備はできるだろうから。

問題はやはり先日のスタジオでの彼女の表情だ。しっかり話をしなければならない。

と、改めて詰め寄ろうとしたその時。

視界が一瞬、真っ白になった。

気がつくと、視線の高さがさっきよりも低くなっている。目の前に真理子の胸元があった。

「……あ」

酷い眩暈とともにどうやら、腰が抜けてしまっていたようだ。

足元がへなへなと横座りの状態になっている。驚愕し、支えてくれる真理子の顔が私の視界いっぱいに広がった。

「え、大丈夫!? 叶多！」

「……え、うん。平気」

「平気じゃないよ！ どうしたの、急に？ 体調悪いんじゃない？」

「あ、大丈夫だから。ごめん、私やっぱり帰る」

「そんな、心配だよ。今日泊まっていきなって」

「いや、本当に平気」

言いながら急に焦る気持ちが湧いてきて、私は立ちあがった。すっ、と自分でも思った以上にすんなり立てた。

その様子を見て安心したのか、

「まあ、叶多がそう言うなら……」

と、真理子も引きさがる。

人を問い詰めるのは、私には向いていないようだ。玄関に戻って靴を履きながら、私はどこか憑き物が落ちたように感じながらも自分の軟弱さにため息をついた。


気がつくと、私は公園のベンチに座っていた。時計を見ると、夜の九時を回っている。

「……あ」

いつからここに座っていたのだろう。何故か少し前の記憶がない。

どうやら真理子の件で頭がいっぱいで、フラフラと歩き回っていたようだ。我を忘れるほど考えていたのか……それにしては、状況を好転させる案は何も思いついていない。

ふと不安が頭をよぎる。思えば私はいま、何者でもない。大学生でもなければ就職している訳でもない。バンドとメテオに熱中している、十九歳の女……。

バンドはまだ駆け出しでどうなるか分からないし、メテオのフォロワー数も一般人より少し多いくらいで、社会的な価値はまるでない。

このまま何もできずに終わってしまったら、私はどうなってしまうのだろう。

こういうふっと冷静になってしまう瞬間は、怖い。

次のライブとか、ＳＮＳの投稿とか、楽曲制作とか……目先のちょっとした輝きを常に追い掛けていないと——少しでも立ち止まって周りを見てしまうと、見えない圧力のようなものに一気に押し潰されそうになる。

私には何もない。本当に何もない。

あるとしたら未来くらいだ。それは一見すれば何ものにも変えがたい、美しく、素晴らしいものに思える。だけどそれは、前に進めていれば、である。私はその未来に向けて、何かしら進めているのだろうか？

バンドの集客はできるようになっている。それによってメテオのフォロワーも少しずつまた増えている。

でもそれが、自分の描いた未来に繋がっているのだろうか？　もしかしたら、私のやっていることなんて、徒労に終わるだけのものなのではないか。どこにでもある失敗談のひとつになってしまうのでは……。

突然ふっ、と怖くなる。まるで、夢から覚めるように。

……だから。

——確かなものがほしい。

自分の音楽が、この世界にとってどれほどのものなのかを、ちゃんと知りたい。

確かな評価、確かな実績、確かな地位……。

有名になって、皆にしっかり認められたい。

CL⇅ROWNは、それに値するものなのか。私の音楽は私の存在理由になり得るのだろうか。「この世界にいて良い」と、社会に受け入れられるものなのだろうか。

——私に、誰か気づいて……。

私は歯を食いしばって願った。藁にもすがる気持ちだった。

三日後。

私は第二弾のPV撮影の日程を組もうと、朝、メンバーのグループLINEで全員に連絡した。モチベーションが高まっているのだろう、普段よりもずっと早く返事が続々と来た。私は嬉しくなり、スケジュール帳を開く。

だが、ここであることに気づいた。

真理子だけ、返事が来ていない。結局夜になっても既読がつくことはなかった。

これはいままでにないことだった。普段、真理子はこういった連絡はかなり早い段階で返してくるのだ。彼女いわく「後回しにしたら絶対忘れちゃう」と。

連絡係になることが多い私としては、大変ありがたく思っていた。

どうしたのだろう、と心配になったが、思考はそこで止まる。何故かぼんやりとした頭の中で、真理子の一件は置き去りになっていく。

実をいうと、私は整形がネットに暴露された前後から、寝つけない日が多くなっていた。不眠症が続いていて、体調も良くない。

ストレスが溜まっているのだろうか？　意識が散漫になる時間も多い。そんな状態のため、すぐには真理子を心配する余力がなかったのだ。

だが、それから丸一日経っても真理子から連絡はなかった。流石に心配になり、個別ＬＩＮＥを送っても既読さえつかない。他のメンバーにも連絡を取ってみてくれとお願いしたが、結果は同じだった。

バイト先の連絡先を調べて電話してみると、何と昨日、無断欠勤したらしい。

私は、真理子のメテオアカウントを開いた。私たちは投稿を辿りさえすれば、彼女の友達や知り合いなら簡単に見つけられる。

大学の入学式で一緒に撮った写真、友達と過ごす休日のカフェ、授業の空きコマやバイト終わりに撮ったたくさんの写真……。それらに付けられたコメントを読めば、真理子と相手の関係がすぐに読み解けるし、一緒に撮った写真にタグ付けをしていれば、近しい間柄であることだけでなく、その人物のアカウントまで分かる——つまり、見ず知らずの私でも、相手と連絡を取れるのである。

数ある投稿の中から、ちょうど一週間前の写真に目星をつけた。

『学食、舐めてて行ったことなかったけど普通に美味しかったよねｗ』

という一文とともに、笑顔で真理子とツーショットを撮っていた女の子を見つけたのだ。

メッセージを送るために、タグ付けされていたアカウントを開くと、どうやら私のアカウントを以前からフォローしてくれているようだった。フォローを返すと、すぐに向こうからメッセージが来た。

『CL⥮ROWNの叶多さんですよね!? フォローありがとうございます! ファンです! 私は真理子ちゃんと同じ大学に通ってて、よく叶多さんの話を聞かせてもらってます!』

いつの間に入力したのかと、疑問が湧くほどの長文だった。フォローしてまだわずか数秒である。これには嬉しさを通り越してちょっと引いたが、私のことを知っているなら話は早い。

『ありがとう。実は真理子と連絡が取れないんだけど、今日は会った?』

と尋ねると、夏休みなので会っていない、食事の約束をしたいのだが、こちらも連絡が取れない、という返事だった。

私はその後も、どんどん送られて来るCL⥮ROWNを褒める長文の数々を軽くあしらいながら、真理子のアパートに向かった。もしかしたら、体調を崩して寝込んでいるのかもしれない。

その日は雨が降っていた。タクシーを拾い、アパートの前に着く頃にはもう夕方になっていた。オートロックの扉の前でインターフォンを鳴らすが、反応はない。

時間を空けて何度か鳴らしたが一緒だった。不安が募るが、どうしようもない。諦めて帰ろうとした時、ちょうど帰ってきた住人とすれ違った。

真理子と同じく大学生なのだろう、大きなアディダスのリュックを背負った女の子が、傘を閉じながらポケットから鍵を取り、インターフォンの隣にある鍵穴に差し込んだ。電動ドアが静かに開く。私はそれに乗じて、住人を装いエレベーターに乗った。

三階にあがり、真理子の部屋の前でインターフォンを鳴らす。やはり何の反応もない。

私はドアノブに手を掛けてみた。軽くひねると、ドアはいとも簡単に開いた。どうやら鍵は掛けられていないようだ。

「真理子ー、いるー？」

私は隙間を作り、声を掛けた。反応はない。部屋の中はしんと静まり返り、雨音しかしない。

鍵を閉めずに出掛けた、とか？

その時、私はある違和感を覚えた。

ツンとした異臭が鼻を突いたのだ。普段は嗅ぐことのない、少なくともゴミを放置したり食べ物が腐ったり……そういう生活に密着した臭いではなかった。

これは……！

私はハッとした。

――この臭い、嗅いだことがある。

頭の中で、あの電車事故がフラッシュバックする。

次の瞬間、躊躇なくバッ、とドアを勢いよく開けた。

心臓がドクドクと早鐘を打つ。強烈な悪感が背筋を走る。

その予感は確信だった。すでに、目にしなくてもこの先に何があるか本能的に理解していた。

カーテンが閉められた部屋は、電気がひとつもついていなかった。徐々に暗さに目が慣れる。

だが、明らかにその場にそぐわないものがあった。

ぐちゃぐちゃに荒らされ、衣服や小物が散乱した床の上に、変わり果てた姿の真理子。

先日着ていたショートパンツとタンクトップは破られ、豊満な体があらわになっていた。それでももう、この前のような色気は微塵も感じられなかった。

口をあんぐりと開き、よだれを垂らし、白目を剝いている。彼女が息をしていないのは明らかだった。

私はたまらず、その場に膝をついた。

下を見た瞬間、何かが込みあげ、口と鼻の穴から液体が床にびちゃびちゃと降った。それが自分の吐瀉物だと気づくのに、随分と時間が掛かった。

胃液まですっかり吐ききった私は、ぜいぜいと息を切らして再び視線をあげた。そこには変わらず真理子の遺体があり、ようやくそこでこれが現実なのだと思い知らされたのだった。

禊太編

刑事さん。

有野真理子の殺人がそもそものはじまりでした。現役女子大生が強姦された挙句に殺された

──しかも自室で。この衝撃的な事件は、全国ニュースでも大きく取りあげられましたね。

──ああ、たしかに。刑事さんのほうがより多くの情報をお持ちでしょう。何です？　それは。

……ほう、新聞の切り抜きですか。

※

九月十九日──日本新聞夕刊。

十八日。三鷹市在住の大学生・有野真理子さん（十九）が自室にて殺害されているのを、駆けつけた警察が発見した。被害者には暴行を受けた形跡があり、近辺で多発している強姦未遂事件と関連している可能性もあるとして、警察は調べを続けている。

※

そうでしたか。当時はこれだけの記事だったのですね。事件直後の速報ですから、情報が少ないのは仕方のないことかもしれません。当時、警察が近辺のパトロールを強化した、という話を聞きました。

——そうですか、爽崎刑事も動員されていたのですね。ご苦労様です。

失礼な話ですが……。わたしは警察の対応を聞いた時、手を叩いて笑いましたよ。「馬鹿なことを！」とね。日本の警察は全く能天気というか、なんて安直なのだと思いました。

事件をきっかけに、サークル活動や飲み会を自粛し、夜の外出は控えるよう、近隣の大学は要請を出したようです。

といっても、それを守った人なんてほとんどいなかったでしょう。せいぜい、深夜の帰宅時はできるだけ友人と一緒に帰るようにしたくらいではないでしょうか。若者の遊興欲が並大抵ではないことは、刑事さんもご経験がおありだと思います。

そういえば、先ほどの記事では発見者への言及はされていませんでしたね。殺された真理子を最初に見つけた――いわゆる第一発見者は大家叶多です。彼女も取り調べを受けましたが、死亡推定時刻にアリバイがあったため、捜査線上からはすぐに外れました。

何より、強姦殺人ですからね。ルックスは叶多も良い訳ですから「もし叶多が来るのがもう少し早くて、犯人と鉢合わせしていたら、叶多も殺されていたかもしれない」という同情の声さえあったと聞いています。

いずれにせよ……。

バンドメンバーが殺害されたCL⇅ROWNは、失意の中にありました。殺された真理子の存在は大きく、活動を続けるのは困難という状態です。そもそも人が死んでいる訳ですから、バンドどころではありません。そのまま自然消滅してしまったっておかしくないでしょう。現に、真理子の事件から一週間、ライブはもちろん、練習どころかグループＬＩＮＥなどの連絡もない状態だったのです。

そこに首を突っ込んだのがわたし——のちにＣＬ⇅ＲＯＷＮのプロデューサーとなる田中《たなか》禊太でした。

九月二十四日、私はメールを通じて叶多に連絡しました。『私はフリーの音楽プロデューサーで、ＣＬ⇅ＲＯＷＮを専属プロデュースしたい。可能なら近日中にバンドメンバーをいつものスタジオに集めてミーティングを開いてほしい。うかがわせてもらう』と。

叶多からの返事はＮＯでした。ですが、私には彼女の首を縦に振らせる自信があったのです。ＣＬ⇅ＲＯＷＮの最初のＰＶが爆発的に伸びた時期があったのを覚えていらっしゃるでしょうか？　ある日突然、十万再生を記録し、それがきっかけで一気に十八万回も再生されたという、あの一件です。

実は、あの出来事には裏があった。それも、叶多が罪悪感を抱くような出来事が……。

——再生数工作。

言葉どおり、動画の再生数を実際よりも水増しすることです。それによって、あたかも人気があるかのように見せ掛ける。

実は、この数字の水増しは誰でも行うことができるのです。当然技術は必要ですが、専門の業者が横行しています。

要は、相応の費用さえ支払えば、ネット上の数字はどうにでもなるということです。ＳＮＳや動画サイトで活動しているアーティストは、誰もがこの再生数工作を一度は考えたことがあるといっても過言ではないでしょう。それほど、広く知れわたっている方法なのです。

叶多も、この水増し行為に手を染めていたのでした。もちろん、普通の視聴者であればまず気づかないでしょうが、わたしなどからすれば数字の上昇の仕方を見れば一目瞭然です。

ですから拒否された後、こちらからの返信でそのことについて言及したのです。もちろん、責めるつもりはありません。あくまでもわたしの目的はCL⇅ROWNに関わることでしたから。

『再生数の水増し工作をしたことは分かっている。わたしと組めば、それよりもずっと効率的にバンドを成長させられる』と返事しました。

翌日、叶多から了承の返事をもらい、二十七日に急遽ミーティングが開かれました。

夜、いつものスタジオで開かれたバンドミーティングの場に行ったわたしは、開口一番、彼女らに活動を続けるよう説得したのです。

「CL⇅ROWNの音楽はもっと世に出るべきだ」

「ここで辞めては、日本の音楽に未来はない！」

「解散なんて、殺された真理子も望んでいない」

更に、気が昂ったわたしは、「ミュージシャンなら人生の全てを投げうって音楽に費やさなければならない。それができないのなら、ごっこ遊びと同じだ」と熱く説きました。

が、彼女らは皆わたしの言っていることが理解できないような表情で唖然としていましたね。

そして最後に、「サポートドラムを入れてCL⇅ROWNは続行。わたしが必ず成功させる」

と全員をたきつけたのです。皆、やる気になってくれましたよ。
こうして何とか、バンド活動を継続させることに成功します。
それが破滅への道だとも知らずに……。

叶多編

「……ねえ、叶多！」

綾の声に、私はハッと意識を取り戻した。メンバー三人が怪訝な顔でこちらを見ている。

どうやら、またぼんやりとしていたようだ。睡眠不足も続いているし、それ以上に真理子のことを考えたらどうしても目の前のことに集中できない自分がいた。

身近に起きた殺人事件……それもバンドメンバーが殺されてまだ一週間。いろいろなことに身が入らないというのが本音だった。

綾は呆れながら続ける。

「もう、ちゃんと話し合ってると思ったら急にボーッとして……何か叶多、変だよー」

「あ、ごめん……。ちょっと考え事してて」

「変な子。まあ、最近ずっとそうだけどね」

ややあって、そよかも続く。

「仕方ないですよ。皆、辛いのは一緒です。真理子のこと、考えないなんて、そんなことは絶対に……」

そう言って、そよかは下を向いた。左手で顔を隠したが、目が真っ赤になっているのに私は気づいてしまった。

はっ、とつられたように他のメンバーも下を向き、涙を堪える。悲しみはふとした瞬間にあふれてくるものだ。誰かが泣いてしまえば、それに呼応するように感情は伝播していく。それは、私だって一緒だった。勝手に涙が込みあげてくる。

たしかに私と真理子はウマが合わなかった部分もある。とくに最近は喧嘩も多かったし、真理子の言動はうるさい子供のようで、気に入らない部分も多かった。が、感情をお互いにぶつけ合っていた分、失った悲しみは大きかった。真理子はたしかに、私の大切な家族のひとりだった。

ややあった後、鼻をすすりながらそよかが顔をあげた。

「と……とりあえず……。今日の話し合いの結論はあれで決定でいいでしょうか？」

言いながら、彼女は視線をやや私の後ろにずらした。そちらを見ると、びっしりと文字で埋め尽くされたホワイトボードがあった。そして、一番大きな文字で『ＣＬ⇅ＲＯＷＮ続行』という文字が躍っていた。

深雪が言う。

「……正直、私は不本意な部分もある。でも、皆で決めたから。次のライブ、全力でやろう」

わたしが口を開くより先に、綾が続ける。

「この件でバンドを辞めちゃったら真理子のせいになっちゃう……そんなの、真理子が一番望んでないことだよね。とにかく、ライブ成功だけを考えて、いまは頑張ろう！」

だけど、ドラムがいないとライブだってできない……。

そう言おうとしたが、『サポートドラムを入れてライブを続ける』というホワイトボードの文字を見て、私の言葉は喉元で止まった。私がぼんやりしている間に、話し合いは進んでいたようだ。

「え、本当に続けていいの？」

キョトンと私は言った。その反応に綾が困惑した表情で、

「だって叶多……」

と、口を開きかけた。

その瞬間、私は全身の力がふっと一気に抜けるのを感じた。目の前がぐらり、と揺れる。気がつくと、視界いっぱいに木目模様が広がっていた。それが床に倒れたせいだ、と気づくまでにやや時間が必要だった。

「か、叶多!?　どうしたの!?」

綾の声と、他のメンバーがこちらに駆け寄ってくる気配がした。私は膝をついて体を起こし、皆のほうをゆっくりと見あげる。

「ご、ごめん、ちょっと疲れてるのかも……」

「寝られてないって言ってましたもんね、仕方ないですよ」

心配そうな顔でいたわりの言葉をくれるそよかだったが、彼女の目元にもうっすらとクマができていた。色白なので余計にそれが痛々しい。

「話し合いはこの辺にしておきましょう。叶多、タクシー呼ぶのでここでゆっくりしててください」

深雪もまた心配そうに言う。

「……今日の叶多、やっぱり変だ」

「救急車呼びましょうか？　用心するに越したことはないですよね」

「嬉しいけど、何もそこまでしなくても――」

大丈夫だよ、と答えて起きあがろうとした瞬間、私の視界が再びぐらりと揺れた。体が勝手に天井を仰ぐようにして倒れ込む。

「叶多！」

あれ……？　いまの、誰の声だろう？

そよか？　深雪？　綾？

ぼんやりとしていく視界には、私を見下ろす三人の顔が写っていた。

泣きそうな綾、硬い表情の深雪、どうしようと慌てふためいたように視線をキョロキョロと動かすそよか。

そしてその隅に、壁にもたれながらサングラスを掛けて腕を組んでいる男の姿があった。

初めて見る顔だ。いつからそこに立っていたのだろう、と考えを巡らせた頭の中で、ここ二、三日のメールのやりとりが思い起こされた。

――プロデューサーの田中禊太。

そういえば、今日の話し合いに参加するって言っていたっけ……。

私の異変にようやく気づいたのか、彼はゆっくりとこちらに向かってきた。だが、そのまま私の意識はブラックアウトしていった。

※

中学一年の時だ。

私は包帯を顔中に巻いて教室へ入った。父が起こした電車事故の怪我で傷跡は顔だけではない。全身怪我だらけで、スカートの下に体育用のジャージを履かなければならなかった。

ガラガラ、というドアの音で、クラス全員の視線が私へと向けられる。その瞬間、しんと静まり返る教室内。ピリピリとした空気の中、私は自分の席へ向かおうと足を踏み入れた。

ややあって、誰かの声があがった。

「何でお前が生きてるんだよ」

男子の声だったように思う。だけど、いま思えば女子だったかもしれない。もう記憶が薄い。この時の出来事はずっと、忘れたくて仕方がなかったから。

その言葉を皮切りに、教室中から私へ罵声が飛び交った。

「気持ち悪い」「何、その顔」「人殺しの子」「死神」「悪魔の娘」……。

居たたまれなくなった私は、教室を飛び出した。皆が白い目で私を見ていた。こちらを指さして耳打ちし合っている。

すれ違う時、教室の中から、階段の上から……。

言葉こそ聞こえないが、何を言っているのかは痛いくらい分かった。私は目に入った空き教室に逃げ込み、隅のほうで身を縮めて泣いた。誰にも気づかれないよう、声を必死に抑え嗚咽した。

静かな教室の中はどんな小さな音も響いてしまい、私は気配を消しながら、あふれる涙を必死に堪えようとする。と、その時だった。

「……死ねば良かったのに」

突然の声にハッと周りを見回した。だが、周りには誰もいない。教室内だけでなく、廊下にも人影は見当たらない。

にもかかわらず続けて声がした。

「お前は殺人犯の娘、地獄行きだ」

びくり、と体が跳ねる。

その声は耳を通して聞こえるものではなかった。頭の中に直接響くような……ピタリと口を脳みそに直接つけて言われているような、経験したことのない不気味な感覚。

そして、その声がニタニタと笑みを含み、どんどん増殖していく。

「グキャキャキャキャキャ……」

頭の中が無数の醜い唇で埋めつくされるイメージが広がり、私の視界は真っ白になった。

※

結局、私はそのまま救急車でスタジオから病院に搬送された。

不眠症と疲労による貧血だったらしく、大きな病気ではないことが他のメンバーを安心させた。

点滴を打ち、その日のうちに私は帰途についた。

翌日。再びミーティングを開いた。昨日の話の続きをするためだ。CL⇅ROWNの活動再開は一週間後ということで固まっていたが、詳しい内容までは私が倒れたことにより言及できていなかった。

その日は禊太は欠席していたが、結果的に彼の提案が採用された。

活動再開に際して第二弾の新曲のPVを発表すること。

また、ファッションやイメージカラーをメンバーで統一し、更に真理子が最後に作った曲ということをアピールする。「視覚と聴覚、そして話題性、全てを満たすのがエンターテイメント」というのが禊太の主張だった。

発表するのは、真理子と最後に作った曲——それは、そよかが彼女のプレイを叱咤しながら作っていた、あの曲である。そして、歌詞は別れがテーマで、PV内容は喪失感を全面に出す、というものだった。

これに関して、はじめは深雪が反対した。「真理子の死を利用しているのではないか」と。

だが、綾がそれに反論した。

「逆に彼女の存在をまるでなかったことにして活動を再開するというのも、ちょっと違うんじゃないか？」

私もそれは同意だった。一度何かしらの形でけじめをつけたほうがいい。それに、いずれにせよ曲の雰囲気は別れがテーマになりそうな、もの寂しい雰囲気ではあったのだ。露骨な表現を避ける、ということで方針は決定となった。

だが、活動再開といってもライブ出演の予定はない。真理子の事件で一時バンドの存続が危ぶまれた際、予定していたライブを全てキャンセルしていたので、またライブハウスにブッキングのお願いからしなければならない状態だ。なので、次回のライブまではＰＶの撮影か曲作りか、ＳＮＳの更新くらいしかできない。このままいくと、次のライブまでしばらく間が開いてしまうかもしれない。

それから二日が経ったある日。思わぬ吉報が届いた。

夕方、ＰＣで曲を作っていた時、メール受信の通知が来た。ちょうど作業が乗ってきた時だったので煩わしくも思ったが、ポップアップに表示された件名を見て椅子から飛びあがった。

翌日、私は約束の時間の十分前にビルに着いた。スマホの時計は十二時五十分。

渋谷駅から徒歩七分の場所にある地上二十五階建ての高層ビルを見あげ、思わず足がすくむ。

一階と二階はイベントホールになっていて、三階から十階がオフィス用のテナント、その上は住居用の賃貸マンションになっているらしいが――。

こんな所に住んでる人、本当にいるの……？

まるで別世界。そもそも、こんな大都会の高層ビルに用事ができるなんて、いままでの私の人生ではありえなかった。これからもそうはあるまい。

ドレスコードがあってもおかしくなさそうな天井の高いエレベーターに乗り、メールで指定された階を押す。息を吐き終わる前にもう扉が開かれていた。

そろりそろりとエレベーターから降り、『Venus Entertainment』のロゴが印字されているドアの前にたどり着いた。受話器付きのチャイムがあったので、恐るおそる受話器を手に取り、ボタンを押した。

「はい、ヴィーナスエンターテイメントです」

と、声だけでも有能さが伝わってくる、かっちりとした話し方の女性が応じてくれた。

私は自分の名前と、メールに記載されていた担当者名を告げた。すぐにドアが開けられ、先ほどの声の女性が私の前に現れる。一切くせのないストレートな黒髪が印象的な、まさにキャリアウーマンといった風貌。名は体を表すというが、声もまた体を表すようだ。

そのまま無駄のない歩調で、彼女は私を会議室に案内した。キョロキョロと辺りをうかがいながらついていった私は、まるで親に初めて都会のデパートに連れてこられた子供のようだった。

向かい合って十人ほどが座れるほどのテーブルに窓がひとつというシンプルな会議室だった。

私はその一番隅にまた恐るおそる腰掛け、あてもなく窓の外を眺めていまの自分の状況に思いを馳せた。

――ヴィーナスエンターテイメント。

日本有数のメジャーレーベルである。日本には十八社のメジャーレーベルが存在し、アーティストはその中の会社と契約して音源を出すことが『メジャーデビュー』とされている。

中でもヴィーナスに所属しているアーティストは誰もが知っている有名人ばかりで、バンド、演歌歌手、ダンスグループなどジャンルも多岐にわたり、それぞれがジャンルを超えて広く愛される一流揃いだ。

そんなメジャーレーベルから、私のもとへ『デビューのご相談』と題したメールが届いた、という訳である。

約束の時間ぴったりに、会議室のドアがノックされた。立ちあがった私の目に、ドアを開けて入ってくるふたりのスーツ姿の男性が映った。細身でマッシュルームカットの若い男と、対照的にでっぷりして小柄な眼鏡の中年男性だ。

中年のほうが目を細めて、

「本日はわざわざご足労いただき、ありがとうございます」

と、深く頭をさげた。私もつられて「いえ、こちらこそ……」と会釈をする。

中年男性がこちらに一歩近づき、胸ポケットから名刺を取り出した。『制作部部長　伊澤秀昭《いざわひであき》』と書かれている。

「CL⇅ROWNの叶多さん、お目に掛かれて光栄です。さ、どうぞお座りください」

後ろの若い男も同様の動きで私に名刺を手渡した。同じく『制作部マネジメント課　原田保《はらだたもつ》』とある。私はそれらの名刺をどうしていいか分からないまま、パーカーのポケットに突っ込んで、再び椅子に腰掛けた。その仕草に、原田は露骨に怪訝な表情を浮かべた。

伊澤はかまわず続ける。

「いやはや、メテオでは拝見させていただいておりましたが、本当にお美しい方ですね。最近は加工でごまかしたりするのが普通だと聞いてますが、叶多さんは写真よりも実物のほうがずっと魅力的で……」

「はあ、それはどうも」

「それに、歌声も素晴らしい。芯があって透き通っていて……。さぞいい先生に恵まれたんでしょうねえ」

「いえ、べつにそういう訳では」

「相当叩き込まれたんじゃないですか？　厳しい訓練もおありだったでしょう」

「いえ、とくに何も……。私、そういう訓練とか教育とかやってません。うちはそんなに余裕なかったので」

「じゃあ、ボイストレーニングとかは？」

「したことないです」

私の返事に、ふたりは同じように目を丸くした。ややあって原田が、

「べつにカッコつけなくていいっすよ。そういうキャラでいきたいのは分かりましたから」

と、不服そうな表情で言ったが、

「努力したのにしていないって言い張る人がメジャーにはいるんですか？」

という私の言葉に口をつぐんだ。

「まあ、それにしても……。こんなに才能あふれる方とお話しできるだけでも、私どもとしては、非常に光栄に思いますよ」

目を細めた作り笑顔で伊澤は続けた。

「メールでもお話ししたとおり、私どものレーベルからデビューしていただけないか、というご提案をしたく、今日この場を設けました」

「デビュー……。メジャーデビューということですよね？」

「はい、もちろんです」

「それで、具体的な内容というのは……」

「はい。それはこちらの原田からお話しいたしますので」

視線を向けられた原田は、パソコンを開いて淡々と話しはじめた。

「今回の契約は、シングルCD一枚の契約となります。いわゆるワンショット契約と呼ばれるものです。この契約を結んだからといって、私どものレーベルにずっと縛られる訳ではありません。制作費用に関しても、我々が全て負担しますし、発生する利益も通例どおりの割合です。後、ここが重要なのですが……」

「…………」

「今回のデビューはCL⇅ROWNではなく、叶多さんのソロでお願いしたいと考えています」

——ソロでのデビュー。

この契約では、他のバンドメンバー三人は参加できないらしい。

……ありえない。

そんなこと、私がOKすると思っているのだろうか？　押し黙っている私に、原田は続けた。

「バンドでのレコーディングは費用もかなり掛かります。また、現状のCL⇅ROWNの楽曲は難解な曲も多く、広く受け入れられるものではないと感じました。ですので、こちらで用意した曲で……」

「ちょっと待ってください。バンドでデビューできないだけじゃなく、曲も駄目なんですか？」

「もちろん、作詞に関しては全面的に叶多さんにお任せできたら、と」

「あの……このデビュー、何か意味があるんですか？」

「私どもとしても、素晴らしい歌声を日本中に届けられる訳ですし、CL⇅ROWNとしてもバンドの宣伝として有益だと思います。一枚の契約ですので、その後のバンド活動に口出しするつもりはありません。もちろん、売り上げが好調であれば、改めてCL⇅ROWNとしてデビューという道も……」

「結構です」

そう言って立ちあがろうとする私を、伊澤が「ちょ、ちょっと待ってください」と引き止める。

「お気持ちは分かります。もちろん、私どもとしてもバンドでデビューしていただきたいという気持ちがない訳ではないのです。ただ、現状のままデビューするよりも、一枚でも何かしらの実績を作っておいたほうが、これから先の活動にプラスかと……」

「じゃあどうして、曲を使うのも駄目なんですか？　本当は私たちのことなんて考えてないですよね？　もし考えているなら、例えばメジャー向けの楽曲制作を依頼するとか、何かしらCL⇅ROWNを噛ませてクレジットに名前を入れるとか、そういう案があってもおかしくないでしょう？」

「……ごもっともな意見です。申し訳ありません。私どもの配慮が足りずに……」

「配慮とかいう話じゃないです。このデビュー、何が目的なんですか？　私の歌声がどうのって言ってましたけど、他の意図があるように思えてならないんですが。それに……」

「……うるせえ女だな」

はっと声の主を見ると、原田がじろりとこちらを睨みつけていた。

「お前のことなんて誰も考えてねえよ。何いい気になってんだ。お前らなんて、整形と殺人事件でちょっとバズっただけの炎上バンドじゃねえか」

「おい、原田……」

「話題性のあるうちに、ちょっとでも稼がせてもらおうってだけだよ。調子乗ってんじゃねえぞ？」

「いい加減にしろ！」

伊澤の怒声が室内に轟いた。そのヤワな見た目からは想像もつかない図太い怒鳴り声に、原田の目が恐怖に泳ぐ。私の肩もびくりと跳ねた。

「お前はもういい。外に出て頭冷やしてこい」

「で、でも……」

「命令だ。早く行きなさい」

「……すみません」

パソコンを閉じ、しょげた様子で原田が出ていった。ややあって伊澤が深々と頭をさげる。

「申し訳ございません。うちの部下がお恥ずかしいことを……。後であいつからも謝らせますので……」

「いえ、あの、べつに大丈夫ですから」

「大変なご無礼を……。私どもの本心では決してないですから、信じてください。あいつは叶多さんの才能に嫉妬してるんです」

「嫉妬、ですか？」

「ええ。あいつは去年までバンドマンでしてね。といっても、全然パッとしないまま辞めてこの会社に入ったんです……。彼も叶多さんと同じくボーカルでしたが、こういうメジャーデビューの話なんて、来たことがない訳です。自分より年下で、才能にあふれた人を見たら、いまだに嫉妬してしまうみたいで。もちろん、いつもああじゃないですよ？　あんな悪態をついたのは初めてでした」

返す言葉がなく沈黙が続いた数分の後、私はふと疑問をぶつけた。

「あの、ひとつ聞いてもいいですか？」

「ええ、何でしょう」

「伊澤さんはCL⇅ROWNのライブを見てはいないんですよね？　今日お会いした時、『初めて私を見た』というようなことを言っていたので」

私の言葉に、伊澤は居心地悪そうに頭を掻いた。

「お恥ずかしながら、そうなんです。近々ライブにうかがおうとは思っていたのですが……あ、そうだ」

伊澤はスマホを取り出すと、思いついたように何やら操作をして画面をこちらに向けた。

「お詫びという訳ではないですが、このイベントのオープニングアクトをしていただけませんか？　もちろんこちらはＣＬ⇅ＲＯＷＮとして」

「え？　イベント、ですか？」

「はい。うちのレーベルから去年デビューした女性シンガーがメインのイベントです。本編はもうひとり、デビュー前の女性アーティストが出る予定です。いわゆるツーマンライブなのですが、もしよろしければこちらにオープニングアクトとして出演していただけないか、と」

「ちなみに、日程はいつですか？」

「来月の中旬……十月十九日なんです」

真理子の事件からちょうど一ヶ月だ。私たちが次のＰＶを発表する時期とも重なる。タイミングとしては申し分ない。

彼は続ける。

「すでにチケットは予定枚数の四〇〇枚、完売しております。音楽の系統は少々違うかもしれませんが、悪くないステージなのではないかと。いかがでしょうか？」

「そうですね。メンバーと話し合ってからお返事してもよろしいでしょうか？」

「もちろんです、お待ちしています」

口ではそう言ったものの私の中では、もう心は決まっていた。胸の高鳴りを感じながら、もう一度先ほどの画面に目をやる。すると、あることに気づいた。

「あれ、この名前って……」


ビルを出た時はもう、昼の三時になっていた。

一時はどうなるかと思ったが、最終的にはライブ出演のオファーをもらえたので、結果としては前に進めた。メンバーと話し合って決めるとは言ったが、断ることにはならないだろう。

久しぶりのライブ……また練習しないと。

私はひとり、ふっと息を吐いて気合を入れた。

「元気そうですねえ、叶多さん」

ねっとりとした声に私は振り返った。と、平塚がニヤニヤと顔を歪ませて、鼻息が掛かるほどべったりと近くにいた。私は驚き、反射的に一歩後ろにさがる。

「な、何ですか！　……もしかして、待ち伏せしてたんですか？」

「いやいや、偶然通り掛かっただけですよ」

見え透いた嘘を責める気にもなれず、平塚に背を向けて歩き出した。彼は再びべっとりと後ろに張りつき、続ける。

「ヴィーナスに用があったんですよね？　もしかして、デビューされるんですか？　おめでとうございます」

「いえ、断りました」

私の返事に、平塚は露骨に顔をしかめた。

「え、断った？　どうして？　旬のアーティストも多いですし、デビューするには最高の会社では？」

「あの……」

私は立ち止まり、平塚を見据えて言った。

「私のことよりも、もっと調べなきゃいけないことあるでしょう？　真理子の事件はどうなったんですか。犯人を捕まえてくださいよ」

「それは僕の仕事ではありません。警察が……」

「真実を追求するのがジャーナリストじゃないんですか？」

「ある意味では」

「じゃあ、早く真理子のことを……」

「あの事件は未解決に終わりますよ」

「……え？」

意外な言葉に思わず聞き返した私に、彼は得意げに言う。

「やっと私に興味を持ってくれましたね」

「いいから早く話してください」

「ああ、ちょっと待って。叶多さん、体をこちらに向けてください」

「え？」

言われるがままに、平塚を正面に見据える形で立った。すると、彼は脂ぎった指で私の頭を摑み、グッと下を向かせる。

「え、え？　何ですか？」

「いいからそのまま、じっとしててください」

そう言いながら、彼はポケットから一枚の写真を取り出した。そして、私とその写真を見比べながら、「……やっぱり違うか」と小さく漏らす。

「……いつまで触ってるんですか？」

「あ、すみません。もう大丈夫です」

平塚はサッと手を離した。私は触られた部分をパーカーの袖で懸命に拭く。私の不快感など気づかぬ様子で、平塚は続けた。

「何がですか」

「いやあ、もしかしてと思ったんですが……。やはり違いましたね」

「もしかしたら叶多さんが殺したんじゃないかと思いまして」

「……は？」

「まあ、そんな訳ないですよね。ほら、これです」

彼の差し出した写真には、帽子を目深に被った黒ずくめの人物が映されていた。真理子のマンションに入っていこうとするその姿は、写真でさえ挙動不審に見える。

「こ、これって……」

「犯人と思われる者の写真です」

驚愕する私を差し置いて平塚は続けた。

「防犯カメラに残っていた映像です。警察はこれを手掛かりに犯人を追っていますが……、何せ手掛かりがこれしかないですからね。最近、都内で多発してる強姦事件との関連も含めて調査しているようです。なかなか証拠が出てこないんですって。一説には殺しのプロじゃないかっていう話もあるらしいですよ」

「え？　殺しのプロ？　そんな人がいるんですか？　……いや、そもそも何で真理子がそんな人に狙われるんですか？」

「落ち着いてください。ものの例えですよ。それくらい難航しているということなんでしょう」

「じゃあ、いずれにせよ常習犯ってことですよね？　そんなに犯罪を重ねても捕まらないんですか？」

「捕まらないから常習犯なんですよ。無差別の犯行がもっとも解決が難しい。基本的に殺人は人間関係のもつれで起きますから。関係ない人が殺して、そのまま雲隠れしてしまったらなかなか……。ネットの中傷のほうがまだ簡単ですよ。あっちはＩＰアドレスがありますからね」

「何ですか？　それ」

「ネットに繋ぐ際に使うものです。インターネット上の住所みたいなものですね。自分の部屋のベランダからゴミを投げ捨てたらすぐバレるでしょう？　それと同じです。基本的にはネット上に匿名なんて存在しないんですよ。誰が書いたか、警察がちょっと調べればすぐに分かります。

まあ、ＩＰアドレスを隠す方法もいくつかあり、それをやれば身元を隠せますが、一般的にはそんなものを使う人なんてダークウェブ利用者くらいでしょう」

「じゃあ……」

私の記事を書いた人も分かるんですか？　と言い掛けたが、すんでのところでやめた。あれはネットニュースなので、誰が書いたかは関係がない。『誰が情報提供したか』が問題なのだ。

だが、私の顔色から何かを感じ取ったのだろう平塚は、

「ああ、そういえばあの整形の告発記事ですが……」

と口火を切った。相変わらず勘が鋭い。

「あの記事、本当は僕が出したかったんです。無理心中で生き残った娘、顔を変えてバンド活動――という風に。ですが、ネットニュースに先を越されるなんて……ジャーナリストとして不覚です」

そういえば、平塚が久しぶりに私の前に姿を現したあの日、『顔を見にきた』と言っていた。それは会いにきたということだと思っていたが、文字どおり顔を見にきた――整形後の私の顔を確認しにきた、ということだったのか。

私は怒りの中、素朴な疑問をぶつけた。

「……そんなことばっかり考えて、楽しいんですか？」

「え？」

「人の秘密をバラしたり、面白おかしく茶化して記事にして……そんなものに人生を捧げて幸せ

なんですか？」

「いや、記事を書くこと自体が好きな訳ではありません」

平塚はキッパリと言った。

「僕が好きなのは、人が転落していくことです。豊かな生活をしている人、夢が叶いそうな人、自分の好きなことに無我夢中な人……そんな人が、私の記事で地獄を見るのが最高なのです。幸せとか楽しいという生半可なものではありません。絶頂です。ライブをしているなら、分かるんじゃないですか？　〝それ〟でしか得られない快感があるということを」

「一緒にしないでください。汚らわしい」

「それにしても、叶多さんの件は特別でしたよ。あれは忘れられない」

愉悦の表情を浮かべる平塚に、私は頭の芯まで怒りに震えた。

※

――十三歳の時に起きたことは、いまでも忘れられない。

忘れようとはした。「何でもなかった」と自分に言い聞かせて、実際にそう思えたこともあったが、結局ほんの一瞬だけ気持ちが楽になっただけで、私の心には深い傷があり、そしてそこから血が滴り落ちている――こうしているいまも。

私の両親は共働きで父は運転士、母は看護師だったため、ふたりとも休みは変則的でいつも帰りは遅く、母に至っては夜勤も日常茶飯事で父とは時間が合わずすれ違いの生活だった。なので、たった三人家族にもかかわらず、夜、家族が揃うのは稀だった。私がしっかりしなきゃと、私は小さい頃から家事を手伝っていた。

そんな家庭だったので、もしかしたら母は、きっとどうしようもなく寂しかったんじゃないかな……と、いまは思う。だからといって、彼女のした行為を許せる訳ではないのだが。

忘れもしない。その日は日曜日だった。

母は休日出勤、父が休みで朝から家事をしていて、私も買い物や掃除を手伝った。休みが不定期の父と日曜を一緒に過ごせることは珍しい。

父はいつも頼りなく、家事をしても失敗ばかりだった。洗い物をさせればすぐに皿を落とすし、洗濯物も畳めない。最初は笑っていたが、だんだん笑えなくなってきて、「お父さん、もう座ってて！」と私が怒鳴ったのだった。どちらが親だか分かったものではない。

やっとのことでひと段落し、一緒にテレビを見て、夜は父が唯一得意とする鶏の唐揚げを作ってくれた。時間は瞬く間に過ぎ、食べ終わる頃にはもう夜の八時を回っていた。

母はこのところ残業続きで、帰宅時間が日付を跨ぐことも珍しくなかった。私が洗い物をしている間、父は母の夜食用に、取り分けておいた唐揚げを別皿に盛っていた。

私はその姿を見て、あることを思いついた。

「お父さん。それお弁当にして、お母さんに持っていこうよ」

私の提案に、「それいいな」と父は頷いた。

早速お弁当箱を取り出し、ご飯と唐揚げとちょっとした箸休めを詰め、ふたりで母のもとへと向かった。

勤めている病院へは電車で二駅、駅からの道のりを考慮しても片道十五分から二十分で着く場所なのだ。私はどうしようもなく母に会いたかった。日曜に家族が三人顔を合わせられるかもしれないのだ。たとえ場所が家じゃなくても、ほんの一瞬でも、家族が揃うのは、何ものにも替えがたい幸せだった。

だが、ここでもまた父に振り回されてしまう。

「あれ、この道だったと思うんだけどなあ」

誤魔化そうと照れ笑いを浮かべながら父は言った。私は「またか……」とため息をつく。父は方向音痴なのだ。

私も気をつけてはいるのだが、父はたいてい自信満々で間違えるので、気づいた時にはもう手遅れ……ということがこれまでにもあった。

その日がまさしくそうだった。これでよく運転士が務まるものだ、と幼いながらに疑問を抱いていたのだが、父の仕事ぶりは意外にも優秀だというのだから驚きである。

こんな人が仕事できるの……？　と娘ながら心配していたが、仕事とプライベートはまるっきり別人なのかもしれない。

あたふたと迷子のようにキョロキョロと辺りを見回す父に、私は呆れて言った。

「あのさ、スマホで調べれば一発なんじゃないの？」

「あ、そっか。ごめんごめん」

……本当に頼りない。娘の私が言うのもなんだが、よく母と結婚できたものだ。

焦りながらスマホを取り出し、慣れない手つきで調べ出した父を待ちながら、私は何となく周囲を見回した。
五、六階建のマンションが数棟と、古びた中華料理屋にコインパーキング……馴染みのコンビニも見当たらず、目印になりそうなものがなかなかない。道路も片側一車線で歩道にガードレールはなく、白線が引かれているだけだ。ふたりで横に並んで歩くと、すれ違うこともできない。もっとも、ここまで歩いても誰ともすれ違わなかったのだが……。
と、その時。二十メートルほど先のビルから出てきた、見覚えのある女性の姿が目に入った。ちょうど街灯の下で浮かびあがったのは薄ピンクのカーディガンに、セミロングのウェーブした黒髪……母だ。

「ねえ、お父さん！　あれ、お母さんじゃない？」

私が父の袖を引っ張り、指差した。

「本当だ。病院、ここだったかな……？」

「私、行ってくる！」

と、首を傾げる父を差し置いて、母のもとへと走った。

「お母さーん！」

私の声に、母ははっとこちらを振り返った。そして、まるで動画の静止ボタンを押したように、ピタリと体の動きが止まった。固まった、といってもいい。

「叶多、どうして……」

声にならない声を出しながら、母はまだ動きを止めている。私はビックリしてくれたのだと、内心ほくそ笑みながら、母のほうへ駆け寄った。

だが、母は私がいままで見たことのない表情をしていた。少なくとも、喜んでいるようには見えない。

と、そこで私はやっと、母の隣にスーツ姿の男性がいるのに気づいた。見覚えはない。そして彼もまた、母と同じように表情を強張らせている。

ややあって、父がやっと私に追いついた。そして、母とその男を一瞥してから、ふたりが出てきたビルを見あげた。年季の入ったビジネスホテルだった。

父の姿を見た母は一気に慌てふためいた。

「ち、違うの！　これは、その……仕事の打ち合わせで……」

言い繕う母に父は、

「叶多と作ったから、食べて」

と静かに言うと、持ってきたお弁当を手渡した。そして、

「じゃ……じゃあ、私たちはこれで……。どうも、失礼しました」

と、スーツの男に頭をさげ、私の手を引いて家路を辿ったのだった。

帰ってきた私たちは、何も会話をせず、それぞれお風呂に入り、寝巻きに着替えた。

子供ながらにただならぬ事態が起きたことを感じた私は、父に何も言うことができなかった。「もう寝なさい」と呟かれたその言葉に従う以外、私にできることはなかった。それで……。

※

ズキッ、とこめかみに痛みが走った。

私の思考はそこで止まった。あの日のことを思い出すと、いつもここで頭が痛くなってしまう。あの夜、父と何か話したような気もするのだが……。

そんな出来事があった翌朝。私はいつもどおり電車に乗っていた。当時通っていた学校は中高一貫の私立で、電車を一度乗り換えて片道三十分の場所にあった。たまに父が運転する電車に乗り合わせることがあり、その日の運転士も父だった。

そして、あの悲惨な事故――電車脱線事故が起きたのであった。

当時のマスコミはこの大事故に色めき立った。ワイドショーや週刊誌はこぞってこの事故を取りあげ、憶測や根も葉もない噂のようなことまで報道し尽くした。

一〇〇人近い死者と三〇〇人を超える怪我人が出た中、大怪我をしながらも生きながらえた私のプライベートまで調べ尽くされ、当時のマスコミに名前こそ出されなかったものの、『加害者の娘』として酷いバッシングを受けた。

そんな中で、あの母の一件を嗅ぎつけたのが平塚だったのだ。それまでは運転士である父の過失は「過労によるものではないか」「職場は古い体質でパワハラが横行していた」など、同情気味の報道も少なからずあったのだが、直後に出た週刊誌の記事で世論は一変した。

『妻の不貞に絶望し、娘とともに無理心中を図った運転士』という彼の記事は、私たち家族をさらなる地獄へ陥れたのだった。

目の前の平塚は、まさにその一件を思い出したのであろう、恍惚の表情を浮かべている。自分の記事が世論を先導し、若い女性の未来を潰したことが、彼に何ものにも替えられない生きがいを与えたのだ。

――狂ってる。

私は言葉を失い、その場を後にした。

やがて私たちCL⇅ROWNはサポートドラムを迎え、一週間後に迫るライブに向けた練習に明け暮れていた。すでに新曲のPVの編集も終えていて、演奏スキルの向上に集中する。

『雨女』という曲名の新PVは、モノクロの映像で重く暗い雰囲気が全体を包んでいた。

冒頭で、水溜まりに反射する外灯が映され、それとともに、そよかの繊細なピアノが流れる。

曲が進行していくにつれてゆっくりとカメラが移動し、何もない部屋の中、全員が真っ黒なドレスに身を包み、厳かな表情で演奏をしているバンドメンバー。

中盤、コバルトブルーの蝶が窓から入ってきて、白黒の画面の中でゆったりと羽ばたき、その動きとともに少しずつ映像に色が加えられる。終盤になるにつれて色合いが増し、曲の終わりにはカラフルな色彩の中、全員が笑顔で楽器を手にする、という映像になっていた。

レベルの高いものができた、と私たちも手応えを感じていた。

話し合いで決めていた予定日を変更し、ライブ前夜にインターネットに投稿することにした。

動画自体は完成していたのだが、『雨女』という曲名にちなんで、天気が雨の日に投稿しようということになったのだ。ちょうど天気が崩れ、ライブ当日も東京は雨の予報だったので、げん担ぎになると思った。

ただ、この曲を練習していると、どうしても私たちの心はざわついた。綾も深雪も突然演奏をやめて涙を拭っている時があったし、そよかは「このフレーズ、真理子は苦手だったのよね……」と、難なくこなす——だが真理子のような迫力はない、淡々としたプレイのサポートドラムを感慨深く見ていた。

私は私で、真理子のいない練習を寂しく思った。

あの事件以降、人間としての感情がどこかに行ってしまったような……そんな、歌手としては致命的ともいえる大きな喪失を感じていた。

『雨女』の歌詞の内容は、別れをテーマにして書いた。

男女の恋の終わりを主軸としたのに、書いている時は真理子の顔がずっとチラついていた。

思い掛けず訪れた突然の別れ。あの日の雨音。この曲で彼女を忘れたり、過去のものにしたいという気持ちはない。

ただ、書き記しておきたかった。真理子と私は時にぶつかることもあった。貶しめあったりもした。でも、あれこそが私たちらしい関係だったのだ。

こんな私と一緒にバンドをしてくれていた、大切なメンバーだった真理子――いや、大切なメンバーなのだ、いまだって。

「そういえばさ」

練習中、チューニングを直しながら綾が口を開いた。

「次のイベント、どういう経緯で前座、私たちに声が掛かったの？　レーベル主催のイベントにフリーの私たちが出るって、なんか変な感じだなぁと思って」

「ああ」

そういえば、私にソロデビューの話が来たことを皆に話していなかった。結局断った訳だし、とくに伝える必要はないと思っていたのだ。

が、イベントのことを説明するには全部話したほうが早い。

私は皆に経緯を話した。シングルを出さないかと言われたこと、断った途端に暴言を吐かれたこと、そのお詫びに今回のイベント出演を打診されたこと……。

「え!?　ヴィーナスエンターテイメントから叶多に、ですか!?」

驚愕するそよかだったが、綾はぷりぷりと怒りをあらわにした。

「それよりも、めっちゃムカつく！　ライブも見ずにデビューさせようとするなんて、本当にお金のことしか考えてないって感じするね！」

まあまあ、とそよかがなだめる。

「こればかりは仕方ないですよ。向こうもビジネスですから」

それにしても、とそよかは続けた。

「叶多に声が掛かるのは、今回が初めてではないでしょう？」

「え、そうなの？」

目を丸くする綾に、私は小さく頷く。

「いや、まあ……。レコード会社じゃなくって芸能事務所なら」

「いままで全部断ってきたってこと？　どうして？　もったいない！」

「そうですよ」

そよかも続く。

「私たちのことを気にして叶多が次のステップに行けないなんて、こっちだって嫌です。ねえ？深雪さん」

突然話を振られた深雪は、

「……え？　あ、うん」

と、生返事で返す。

彼女たちの気持ちはよく分かる。

私だって、同じ立場だったら釈然としないだろう。自分が足を引っ張っているかもしれないと思うと、気が気ではない。

だが、そうではないのだ。私は言った。

「皆に気を遣って断ったことなんて、一度もないよ。断ってきたのは全部、私の個人的な意志」

私は皆を見てはっきりと言った。

「だって、CL⇅ROWNの音楽は本物だから」


ついに復帰一発目のライブ当日。

十月も半ばを迎え、夜はぐっと気温が落ちる日々が続いていたが、夜六時半に開場してすぐに最前列は男性ファンで埋まり、その後も続々と客が入ってくる。七割は男性だが、ちらほらと若い女性もいるようだ。後ろのほうに伊澤と原田の姿も見受けられた。おそらく他にも数名、レーベル関係者がいるのだろう。ライブハウスにあまり似つかわしくないスーツ姿の人もいた。

イベントのスタート——つまり私たちの出番である七時まで後数分、開場から十分も経たないうちにほとんどの客席が埋まっていった。

「ねえ、凄い人数なんだけど……」

控え室に備えつけられている、会場内の様子を写したモニターを見ながら、綾が不安そうに呟いた。今日は復帰ライブということもあり、とくに衣装にも気合を入れた。これまでTシャツやワンピースなど、動きやすさや演奏優先で個人がそれぞれ決めてきたのだが、今回は全員が『雨女』のPVの時に着ていた、真っ黒なドレスだ。

「四〇〇人完売……。こんな人数の前で演奏するのは、初めてですよね」

緊張した面持ちでそよかも言う。深雪はそんな彼女に素朴な疑問をぶつけた。

「……そよか、クラシックの演奏会ならもっと大きい所でやってるんじゃないの？」

「それとは全然別ですよ。こっちはオリジナル曲ですから」

「……ふーん、そんなもんなんだ」

興味もなさそうにそう言うと、深雪は自分のギターを布で拭きはじめた。

そよかは私のほうを見て言う。

「叶多、大丈夫ですか？」

「え？　何が？」

「だって今日のライブ、あの莉沙って子の前座なんでしょう？」

「え、あ……まあ……」

そうなのだ。

あの八月に出演した、八回目のライブで再会して以来、莉沙率いるシェルターはコラボ動画やメテオを通して、更にネットで名を広げていった。そして、ひと足先にヴィーナスエンターテイメントからソロデビューが決まったのだ。

バンドではなく莉沙個人でのデビュー。おそらく私と同じような経緯で、彼女にも声が掛かったのだろう。キャリアのためにあっさりとメンバーを切り捨てるところは莉沙らしい。

その足掛かりとして、一年先に同じ事務所からデビューしていたアーティストとツーマンライブをする、というのが今回のイベントの趣旨だった。梨紗はＹｏｕＴｕｂｅｒの彼とは別れ、いまは若手俳優と付き合っているという噂だ。

そよかは続けた。

「何で先に言ってくれなかったんですか。叶多が惨めな気持ちになるのは、私たちだって嫌です」

「惨めじゃないよ。いまは場所を選んでる場合じゃないから」

「でも……」

「そよか。ライブに集中しよう。音で黙らせればいいんだよ」

私の言葉に、深雪も続く。

「……後少しで本番。余計なこと喋んないで。こっちの気が散る」

「そうですね、ごめんなさい。私、ちょっと気合入れます」

そう言って、そよかは履いていた靴を脱いだ。そして靴下も脱ぎ、裸足になった。

「私なりのげん担ぎです。今日は絶対うまくいくと思います」

そう言った彼女の目は、ついさっきまでの私をいたわっていた優しいものとは全く別ものになっていた。瞳孔が開いて吸い込まれそうな瞳には、おそらくもう何も映っていないのだろう。一瞬で集中力をピークまで持ってこられる彼女の芯の強さを、改めて思い知らされる。

……そうだ。音で黙らせればいいのだ。

大舞台であることは分かっていた。だからこそ、今回の復帰ライブはこれまでよりもより内容を作り込んだ。禊太のアドバイスで、入場曲から演奏する曲順まで、全て計算して作りあげたのだ。

後は、それをぶつけるだけ。

……と、その時。

会場内で小さめに鳴らされていたＢＧＭが止まり、照明が落ちた。客席のあちこちから拍手や期待を込めた歓声があがる。

――時間だ。

私は全員を見据えて言った。

「よし、いいライブにしよう！」


会場内でオープニング曲が流れ、幕があがった。

ホラー映画の効果音を寄せ集めたようなＣＬ⇅ＲＯＷＮの入場曲――ノイズと不協和音で構成された現代音楽――が、会場に不穏な緊張感をもたらす。照明は薄暗く、ほんのりと青色の光が足元を照らしているだけだ。

暗いステージの上をゆっくり歩く私たち――黒い亡霊が移動しているようにも見えるはずだ。

ただならぬ雰囲気が場内を包んだ。普通のバンドなら入場にはまず選ばない曲。

会場には違和感という言では言い表せない空気が漂う。

――異質。

予測のつかないことがこれから起きる……そんな感覚が、ここにいる全員の肌をビリビリと痺れさせているのが分かる。

私たちはゆっくりとステージにあがり、それぞれ楽器を手にする。

パラパラと会場から拍手があがるが、私たちを目にして場違いだと感じたのだろう、すぐにやんでしんと静まり返る。

ギターを肩に掛けた私は、そのまま息を止め、下を向いて一切の動きを止めた。

他のメンバーも同様に微動だにしない。まるで時が止まったように、ステージ上で五人は完全に静止した。

そうしている間にも、どんよりとした効果音が流れ続ける。

不気味な緊張感が会場を支配していた。息をするのにも気を遣うほど、空気は重くピリついている。ぶつぶつとした鳥肌が立ち、その感覚が全身を這い回る。

何かが迫ってきている。なのに逃げられない。

観客はジリジリと近づいている『何か』を感じている。すでにメンバーがステージ上で静止してからたっぷり二分が経っていた。不安に駆られた客の一部が、きょろきょろと首を動かしてあたりを見回しているのが分かる。

……これでいい。狙いどおりだ。

人は沈黙にこそ力があることを分かっていない。

たいていの人間は長い沈黙が続くと恐れ、落ち着かず、動揺してそわそわしだす。動けなくなる者もいる。

沈黙は時として、言葉や権力や暴力以上に強大な力を持つのだ。人の想像力を掻き乱し、恐怖を煽り、起こりえないことや、いもしないものに怯えさせる。

人間は呑み込まれてしまう、その圧倒的な『何か』に。

だが、あくまでもそれは序章に過ぎない――沈黙が本当に牙を剝くまでの。

私はゆっくりと前を向き、鼻からゆっくりと息を吸った。

ほんのわずか、重い沈黙の中に音が生まれた。会場中がその小さな音に耳を傾ける……まるで魅入られるように。

全員が神経を聴覚に集中させたその時、沈黙は真の力を発揮する。

いまなら小さな針を落としただけでも、人は一気に心を摑まれる。

目の前の観客は期待しているのだ。ステージの私たちに、奪われたがっている。

――次の瞬間。

突如ギターが絶叫した。ギイイイイッ！　というけたたましい金属音が、会場中の聴衆の鼓膜に突き立った。

深雪だ。激烈に歪ませたサウンドがスピーカーから放出された。

その瞬間、張り詰めていた緊張が一気に解き放たれる。悲鳴のような歓声があがった。会場全体が両手をあげてその一音を歓迎する。

ドラムのクラッシュシンバルが叩かれた。扇動するように何度もギャンギャンと打ち鳴らされる。バスドラムがズンズンとリズムを叩き出すと同時に超低音ベースがうねり、キーボードが張りついて共鳴する。耳をつんざくような音の壁がスピーカーから飛び出した。

音楽が転がりはじめた。グルーヴの息が吹き出る。客席が一気に沸騰した。

それらの狂気じみたサウンドをぶち壊すように、私は背骨に声を思いっきり響かせてミックスボイスを放った。

「あああああああああああああああ！」

荒々しい絶叫。

会場は尋常じゃないテンションへ急上昇した。圧倒的エネルギーに包み込まれる。そのテンションを維持したまま、重戦車のようなビートが信じられない速度で駆け抜けていく。一曲目『かわいい女』。結成初期に作った、疾走感あふれるナンバーだ。

ＣＬ⇅ＲＯＷＮのライブはよくインターネットで『狂気と沈黙』と評される。耳をつん裂くような大音量を出したかと思えば、次の瞬間にはピタリと音が止み、再び息もつけないような爆音が轟く。サウンドの〇と一〇〇の振り幅の中で狂乱していく様は、他のロックバンドとは一線を画する。

その狂乱に満ちた演奏の中で、そよかの作る甘美なメロディが優雅に舞う。煌びやかな和音。蜃気楼の中に漂うオーロラのような、幻想的な耽美に聴衆は酔いしれる。

中盤、ＣＬ⇅ＲＯＷＮのキラーチューンである『Ｅｒｒｏｒｍｉｎｄ』の演奏が始まると、その狂気はより一層深度を増した。畳みかけるリズムとブレイク、凄まじい爆音と沈黙の連打。キメの一つひとつがダダダダダとマシンガンのように鋭く響き、ハイトーンのシャウトが会場の壁中に突き刺さる。

歌っている時、私は、まるで地獄の中に降りてくる蜘蛛の糸を、その細い糸を、手繰り寄せるようにして声を響かせる。観客もそれを摑まんと両手を天に伸ばし、雄叫びをあげる。ブレイクの一瞬、ドラムのカウントを待つ一瞬、小節のアタマを鳴らす一瞬。バンドの攻撃性が一体となった瞬間、爆音のグルーブが次々と限界を突破する。

ライブのボルテージが最高潮に達したその刹那、私の頭の中にはいつも、スッと眩耀《げんよう》の風景が広がる。その白い世界で微かに人の影がこちらを向いていて、そっと手を伸ばしている。

私はそれを摑もうと手をやる。すると、その影はそのまま私を、そちらの世界へと引っ張っていくのだ。

——瞬間、私は『救われた』と感じる。

これまで起きた嫌なことや、思い出したくないことが全て、これで良かったのだと肯定してもらえたような……そんな感覚に包まれるのだ。

残念なことに、この恍惚の境地は瞬く間のことで、ライブが終わってしまえば何事もなかったかのように、以前と同じみっともない自分に戻る。

その救済は、私に決定的な改善を与えてくれるものではない。ただほんの一瞬だけ、一縷の望みを垣間見せてくれるだけだ。

だが、ライブはその刹那、その感覚を全員で共有できる。

その場にいる名前も年齢も知らない者同士が、互いの具体的な苦悩を知ることはできなくても、誰もが何かしらの宿命を背負っていて、自分と同じように傷つきながらも戦っている、ということを知る。

魂の底から、孤独ではないと感じるのだ。

そしてそれを与えているのが、他ならぬ自分の声であり、自分たちの奏でる音であるという、ゆるぎのない事実。

――音楽をやる者にとってこれ以上の幸福が、果たしてこの世界にあるだろうか？

暴動のような振り切れた演奏が、ノンストップで二十五分。終わった途端、会場から大洪水の拍手と歓声が湧きあがった。

私たちは息を切らして、その光景を呆然と見ていた。

――何か、とんでもないことが起きている。

いつものライブとは違う雰囲気と確かな手応えに、演者である私も驚いていた。いつまでも鳴りやまない喝采の中、そよかがマイクを手に持った。

「はい、えっと……皆さん、ありがとうございます。次で最後の曲です」

えー！　と客席から多くの声があがる。お決まりのその声に、微笑する人もいる。会場の空気が一瞬だけ緩む。

これまでの緊張が解け、安堵の息が聞こえてくるようだった。

ざわめきが収まった頃を見計らって、そよかの指がキーボードの上にゆっくりと乗った。

「真理子へ」

私の言葉を合図に、Aマイナーのコードが、温かなピアノの音に沿って流れる。

新曲、『雨女』。

この曲を最後に持ってくる。しかも殺された真理子との思い出の歌ということをアピールして。……今回のライブはこれこそが禊太の狙いだった。狂乱の後に流れる柔らかな旋律は、温かな太陽のように耳を包んだ。

私は小さく息を吐くように歌い出した。

猛威を振るう今夜の空　二人その下
四畳半の部屋　たばこがやけに目に染みる
言葉ひとつない僕らだけど　去る時の中
伝えたいことは　口移しでこと足りた

窓の向こうは凄い雨で
君は呼吸をもうしていない
水滴がガラスを叩く音で
「好きだ」って言っても届かない

ダイナミクスを抑えた演奏の中で、私は感情の限り歌いあげていく。脳裏に真理子のドラムを叩く姿がよぎる。

肩にさげたギターも弾かず、両手でマイクを持って遠くを見据えた。視線の先に何がある訳ではない。ただ、このじんわりと込みあげてくる感情を、そっと流れる演奏に乗せていく。

伸びきった髪に触れようと　手を伸ばした時
ふっ、と静かに　笑ったように思えた
目が合うたびに　触れ合うたびに恋していた
その白い笑顔に　どれだけ僕は救われただろう

衛生的には決して良いとはいえない密閉空間。ライブハウス特有の埃臭い空気。
――にもかかわらず、キラキラと星が瞬いているかのようで、会場にいる全員をその煌きが包んでくれているような、真理子もまた近くにいてくれているような……そんな感覚があった。

時計はこつこつと針を進める
大雨はボツボツと窓を叩く
走り去る雲は終わりを知らず
いまなお強く大地を打つ
傘を持っていきなさい　この部屋を出るのなら
傘を持っていきなさい　天国は遠いから……

言葉を一つひとつ歌にするたびに、宝石が流れ星のように鏤められていくような時間が流れる。音がしんしんと舞い降りていく。曲の終盤に差し掛かったのが分かったのか、どこか寂しげな表情の人も見えた。
私にはステージから観客の表情さえ見る余裕があった。

時計はこつこつと針を進める
大雨はボツボツと窓を叩く
走り去る雲は終わりを知らず
いまなお強く大地を殴る

ドアを開ければ凄い雨で
「ありがとう」って言ったけど　もうよく聞こえない
いつまでも、いついつまでも　どうぞお元気で
今日まで僕ひとりを支えてくれた人よ……

歌が終わり、そよかが撫でるようにアウトロのフレーズを弾いた。最後の音がゆっくりと減衰していき、やがて消えた。

そよかが鍵盤から手をおろした瞬間、客席からは割れんばかりの拍手と歓声が巻き起こった。客席だけではない。音響や照明、チケット管理のスタッフからも、喝采の声があがっている。

私たちは楽器を置き、一礼してステージを降りて控え室へ戻った。

それでも歓声はやまず、やがてアンコールの声へと変わっていった。

「……凄いね」

私は思わず呟いた。メンバー全員が、声も出せずに頷く。

前座でアンコールが起きるなど、考えてもいなかった。これまでだって何度もライブはこなしてきたが、ここまでの反応をもらえたのは初めてだ。

「ねえ、どうしよう？　どうする？」

ウキウキしながら綾がこちらを見た。そよかも深雪も、笑顔で私のほうを見やる。だが……。

「アンコールなんて、ある訳ないでしょ」

と、後ろから声がした。振り返ると、次の出番である莉沙が腕を組んでこちらを見ていた。

「あんたたち前座なんだから。早く機材片付けてよ、こっちの準備だってあるんだから」

「な、何よ。あなたたねえ……」

言い返そうとする綾を止めて私は、

「分かってる。いま片付けるから、もうちょっと待っててもらっていいかな」

と、莉沙に告げ、メンバーを幕のおりたステージへと促した。一刻も早く撤収しなければ、イベントのタイムスケジュールに支障が出てしまう。

皆の後を追う形で私もギターを取りにいこうとした時、莉沙が私の背中越しに言った。

「また性懲りもなく私の客の前でライブして……。本当、惨めよね。恥ずかしくないの？」

その言葉に私は振り返り、莉沙の目を見てはっきりと言った。

「もう私たちの客だよ」


このライブの評判は私たちの想像を遥かに超える広がりを見せた。

「前座がメジャーアーティスト二組を食った」

という噂は会場にいた人だけに留まらず、瞬く間に外へ外へと広がっていった。誰しも、ニューヒーローの衝撃的な登場を求めているものだ。いまはSNSが更にその流れを押す。

客席にいた人がライブの動画を撮っていたようで、『凄いバンドを見つけてしまった』という文章とともに短い動画をツイッターに投稿していた。そのつぶやきは一日で二万リツイートされ、その後も拡散され続け、CL⇅ROWNは一気に認知されていった。

また、ライブ前夜にアップロードした『雨女』のPVも三日で三〇万再生のヒットを叩き出した。禊太の思惑どおり、真理子の事件と絡めた、『話題のバンドが活動再開。被害者メンバーに捧げた楽曲』というネットニュースも話題を呼んだ。深雪が危惧していたような「死を利用しているのでは？」という意見も当然あったものの、それが世論にはならなかった。大半は好意的な意見で私たちを受け入れてくれた。禊太が入って意見を出すようになってから、明らかにバンドが変わった。

そこからのライブはまさに快進撃となった。

話題性もあり客が呼べるバンドは、どこのイベントでも重宝される。私たちは集客に伸び悩んでいるメジャーバンドや、インディーズバンド、ライブハウス主催の大きなイベントに引っ張りだこになり、その全てのライブで爪痕を残し続けた。

月二本だったライブ活動が週二本になり、三〇〇人規模ならたいていのイベントは平日でもソールドアウト。もちろん、前座なので私たちだけの力ではないのだが、満員の会場は演者の士気もあげる。

ライブを重ねるにつれて自分たちの演奏力だけでなく、楽曲までもが進化していくのを実感した。先導するのはそよかだ。

十一月に入っての最初のライブ。その日も、客席は私たちの音と熱量に色めき立っていた。一曲目から壮絶なテンションで繰り広げられるパフォーマンスに、会場のボルテージは限界ギリギリを行き来する。中盤の『Ｅｒｒｏｒｍｉｎｄ』に来る頃にはもう、ほとんど全員が『私たちの客』だ。一瞬の静寂と惑星が衝突したような爆音の連続。錯乱と秩序のギリギリを鳴り渡る極限の緊張感。生々しい音の塊は観客の想像を易々と超える。

間奏の深雪によるギターソロは即興演奏だ。速弾きからライトハンド奏法、時にはあえて弾くのをやめて観客の反応を煽るなど、場の雰囲気に応じて展開される。

その間、私は客席に背中を向けて、観客の視線を深雪へと誘導する。こうすることにより、より多くの注目が彼女に集まるのだ。

ちょっとしたステージワークにも経験が積み重なっていく。

だが、ソロパートが終わりに差し掛かった頃、異変が起きた。そよかが普段より一オクターブ上のコードでバッキング音を鳴らしたのだ。

……え!?

私は思わずそよかのほうを向いた。彼女はニヤリとした唇でこちらを見た。

これは、ジャムセッションの時にそよかがやる合図……『叶多、叫べ』の指示だった。

綾は敏感に察知し、即興のスラップアレンジで返事をする。気づいた深雪は、チョーキングビブラートをねじ込んで早々にソロを切りあげる。

――次の小節、全パートのブレイク。

そよかの思いつき……ぶっつけ本番のアレンジだ。即座に私以外の全員が対応した。

あまりに急な出来事に、頭の中が一瞬真っ白になる。全員が音を静止させるまで、後三拍。

叫ぶ？　ここで？　だけど……。

グッと意識を引き戻して考えた。

マイクとの距離が遠い。振り向いて口を当てる時間がない。

――間に合わない。後二拍。

このままだと無意味なブレイクになってしまう。

……演奏失敗？　ありえない。そんなこと、起きていい訳がない。

ふと、深雪が視界に入った。彼女は口元だけで不敵に笑っていた。私には砲撃命令を叫ぶ直前の兵士のように見えた。

……後一拍。

――肚《はら》を決めた。

すっ、と全ての楽器が一斉に演奏を止めた。ピタリとやんだ演奏に会場内が静寂に包まれ――。

「あああああああああああああ！」

私の生声のシャウトが会場中にこだました。

マイクもスピーカーも通さない生きた咆哮。その熱量に客席は一気に沸騰する。

演奏再開。

小節ど頭から限界突破した会場の熱は、そのまま私たちの演奏が終わるまでさがることはなかった。


うまくいきはじめたのはバンド活動だけではない。

メテオもこの頃にはフォロワーが一〇万人を突破。企業からの依頼でＰＲ投稿するオファーも来るようになっていた。

ただ、そういった仕事をやりすぎると、拝金主義のイメージがついてしまい、フォロワーからあまり良く思われないので、実際に受けたのはごくわずかな件数である。あくまでも私のいまの戦場はバンドだ。

ＣＬ⇅ＲＯＷＮの評判はどんどん広がっているようで、ネットニュースやインディーズ雑誌のインタビューを受けることも増えた。音楽系のネット記事やＹｏｕＴｕｂｅｒの企画で特集を組まれ、結成時のエピソードだったりバンド名の由来、曲への思いやルーツを、インタビュアーの質問に答える形で話すのだ。

　直近のライブ後に組まれたインタビューは、インディーズバンドの音楽配信サイト「ｃｈｉｃｋｓ《チックス》」からの依頼だった。全国に支店を持つＣＤショップのサイトなので、配信に限らず、そこで人気が出れば提携のインディーズレーベル、チックスレコードから音源をリリースできたり、音楽雑誌やラジオ番組にも出演できる。

　ＣＬ⇅ＲＯＷＮは『Ｅｒｒｏｒｍｉｎｄ』一曲だけを配信していた。

　それが、十月の月間アクセス数で、一位を獲ったらしいのだ。

「らしい」というのは、今月のはじめに「ｃｈｉｃｋｓ」のインタビューの依頼が来て、そのメールで伝えられるまで、私たちはその事実を全く知らなかったからだ。ライブとメテオの活動で精いっぱいで、「ｃｈｉｃｋｓ」に投稿していたことも忘れていたほどだった。

　もちろん、何にせよ一位は嬉しいので、さっそくスクリーンショットを撮ってメテオにアップする。たちまち雪崩れのような称賛のコメントであふれたが、果たしてこのコアな音楽ファンしか知らないようなサイトを私のフォロワーが知っているのかどうかまでは分からなかった。

『業界で注目され、これから世間で認知されていく』という立ち位置が、このサイトで一位を獲るアーティストのポジションだろう。いずれにせよ、名誉なことに変わりはないが。

「ｃｈｉｃｋｓ」のインタビューはライブ後の控え室で行われた。機材が撤収されてがらんとした室内に、私たちメンバー四人と、編集部のインタビュアーの女性が向かい合って座る。

「叶多さんは……」

結成秘話、バンド名の由来、影響を受けた音楽と、オーソドックスな通例どおりのやりとりをひととおり聞き終えた後、彼女は言った。

「バンド活動だけでなく、メテオでの活動も盛んです。フォロワー数も一〇万人という大所帯のインフルエンサーです。音楽とメテオは、別物として考えているんでしょうか？　それとも、何か共通するものはありますか？」

私は間を空けず、思いつくままに答えた。

「ある意味では全く別ですが、本質は同じだと思います」

「というと？」

「私ははじめ、似たようなものだと思ってたんです。バンドをする前からメテオのフォロワーはそこそこいました。なので、そこでバンド活動をＰＲしたらアクセスが伸びるんじゃないかなって。いま考えれば、めちゃくちゃ甘いなって思いますが」

「そうなんですか？」

「メテオとバンドでは、ファンが求めているものが全く別なんです。メテオは完全に見た目の良さ、バンドは音。……見た目を求められるメテオでバンドの表現をしても駄目なんです。それは、求められていないから。なので、いまはメテオでは『ひたすら可愛い叶多』、バンドでは『アーティストの叶多』と、完全に分けています」

　私は続ける。

「見せ方は全く別ですが、『求められているものを見せる』という本質は同じです」

「なるほど……そのどちらでも多くのフォロワーを抱えられているのは、素晴らしいことだと思います。メテオの活動では、何か意識して変えたことはありますか？」

「そうですね……戦略的な投稿しかしなくなりました。絶対にフォロワーが増えるという確信があるものしか投稿してません」

「絶対にフォロワーが増える？　そんな魔法みたいなこと、できるんですか？」

「はい、できます。いまの日本の流行は中国や韓国から来ています。だいたい半年前に向こうで流行ったものが、日本で流行るという感じです。なので、そこにアンテナを張っていれば、次に流行るものが何となく分かってきます」

「それで、目星をつけたものを投稿すると。なるほど、本当に戦略的ですね。私の個人的な考えですが、メテオはただ可愛かったり見栄えの良いもの――いわゆる『メテオ映え』するものをただアップしている、という印象しかありませんでした。なので、私はあまり流行に乗れないなあと思っていたのです」

「最初はそれが分からなくて、四苦八苦していたところがあります」

「叶多さんは全ての楽曲の作詞と、一部の楽曲の作曲をされていますが、作られる際にターゲットを意識していますか？」

「いえ。バンドは内面を表現するものだと思っています。受け手からの共感を狙うのではなく、自分の内側からあふれるものをそのまま出したいんです」

「そうおっしゃいますが、叶多さんの詞は、私個人としては非常に突き刺さるものがあるのです。『Ｅｒｒｏｒｍｉｎｄ』にある『あれからあなたには会ってない。ただ、あなたにさよならを告げる方法はいまだに分かっていない』というフレーズは、恋愛経験に乏しい私にもぐさりときます。凄く切ないラブソングですよね」

ラブソング、か……。あれは、さんざん世間に騒がれた『父との心中』を自分なりに解釈した曲だというのに。

彼女は続ける。

「バラードではなく、熱量の激しいロックでこの言葉を言うというのがまたセンスを感じます。客席でもみくちゃになりながらこれを聞いたら、多分泣きますね、私。ＹｏｕＴｕｂｅのコメントを見ても、同じように感じているファンが多くいらっしゃるようです。これは実体験を基にしているんですか？」

実体験……その言葉に一瞬、父の顔がフラッシュバックした。私の目を見て、何かを言っている記憶――その言葉を思い出そうとする度にずきり、と頭が痛くなる。

「受け手によってさまざまな解釈ができるのが良い詞だと思ってます。その人の共感を引き出し、これは自分のものだと感じてもらえる曲作りをしたいです」

私は平静を装い、あえて論点をややずらして回答した。

「なるほど。では、バンドの戦略に関してはどういう方針なのでしょう？」

「それは……」

私は返事に窮した。音楽全体に関するプロデュースは禊太が担当しているからだ。彼がどういった考えなのかまで、私は踏み込んで理解していない。ただ、彼の考えはこれまで必ず結果を出している。動画のアクセス数、ライブでの演出……。禊太のアイデアが外れたことはいまのところひとつもない。

ややあって、そよかが答えた。おそらく私が答えないから気を遣ってくれたのだ。

「視覚と聴覚、そして話題性、全てを満たすのがエンターテイメントだと思っています」

インタビュアーは視線をそよかに向ける。

それは禊太の言った言葉そのままだった。

「作曲のほとんどをそよかさんがされているということですが、その段階で意識していることはありますか？」

「えっと……その段階で、というのは？」

「あらかじめデモでメロディを作ってきて、スタジオで各パートを詰めていくという作り方なんですよね？　その、デモを作る時にはどういうことを意識しているのかな、と」

「何も考えてないですね」

彼女の言葉に、そこにいた全員がプッと噴き出した。

私も笑ってしまったが、よくよく考えてみれば、たしかにそのとおりだと私も思う。活動の方針は考えて答えを出すことができる。が、芸術を生み出す時に、そういった考えは不要なのだ。

もし、ひとつあるとすれば……。

――誰もやっていないことを、やりたい。

革新的でこれまで誰もできなかった……けれど誰もが意識の下の、心の一番奥で渇望している音楽。それを作り出したい。

「私たちは、自分たちの音楽で何かを変えたい」

そよかの言葉にも、そんな強い意志が根ざしているのをひしひしと感じた。

私は改めて、このメンバーへの確信を持った。

――きっとCL⇅ROWNは凄いバンドになる。


十二月一日。

ライブ後の私たちの控え室に、スーツ姿の男性がやってきた。「RAMMS RECORD」と書かれた名刺を差し出し、CL⇅ROWNに契約の話を持ってきたのだ。ラムズレコードは前回デビューを持ち掛けてきたヴィーナスと同じくメジャーレーベルだ。ラムズのほうがより芸能色が強く、雑誌モデルやテレビ出演など、マルチタレントとしての活動に力を入れているレーベルである。

話を聞くと、今回はワンショットでの契約ではなく、二年間のマネジメント契約だった。細かい内容はまた改めて話し合う予定だが、シングルを二枚とアルバムを一枚、それに伴うツアーや物販、グッズ展開を含む契約にしたいという。

私たちは思わぬ話に浮かれずにはいられなかった。

先日の一件でメジャーデビューに対して良いイメージを持っていなかったものの、今回のレーベルはＣＬ⇅ＲＯＷＮに誠実な対応をしてくれそうだ。一週間以内に返事をするとその場では言ったが、私たちの中で所属することに異論はなかった。

三日後、所属したいという意向を先方に伝え、本格的に話を詰めていくことになった。

ようやくＣＬ⇅ＲＯＷＮが世の中に出る……！

私は温美に会いたくなった。

嬉しいことがあったら、親友と共有して喜びを分かち合いたい。真理子の事件から続く寝不足はまだ私を苦しめていたが、どうせ眠れないのなら温美と時間を過ごしたい。

温美は私にとって本当に大事な存在だ。

私が歩んできた人生は胸を張って人様にさらけ出せるものではない。私の身に降り掛かったことのほとんどは恥ずかしく、誰にも知られたくない出来事ばかりだ。たとえこれから新しい出会いがあったとしても、自分の過去を話すことはないだろう。振り返りたいとも思わない。

だが、そんな過去を唯一知っていて、同じ時間を過ごしてきたのが温美だった。

私が二度目の整形を決断した時「人は絶対に見た目じゃないよ！」と止めてくれたのも彼女だった。最後の記念にと写真を撮ってくれたのも彼女だったし、整形後の顔を見て「いまの叶多もいいけど、前の叶多も好き」と言ってくれたのも彼女だ。以前は鼻も低くてぼってりした顔だったのに「べつに前も普通に可愛かったけどね」とまで言ってくれた。

決断に後悔はないが、もしあの一言がなかったら……と思うことはある。

きっと、前の叶多も好きと言われてなかったら、私は整形前の自分を完全に消し去っていた。おそらく温美との関係もろとも。

そして、それまでの人生をなかったこととして、全く新しい自分として人生を送ることにしていただろう。

でも、そうはならなかった。過去を完全には割り切れていないが、過去のこともあったうえでのいまの自分だと認められている部分もある、と思う。

本当の意味で私を認めてくれたのが温美だった。

ほとんどの人は、人を見た目で判断する。それは評価に限った話ではない。『社会に受け入れられるかどうか』は、見た目で決まるのだ。

一度目の整形で怪我の痕を治した後の私は、まだいまのように容姿端麗ではなかった。怪我は完治し以前の顔に戻れたものの、本当に可愛くなかった。鏡を見るたびにつくづく思い知らされ、その度に自分が嫌になった。だが、それでも初めて会った人から怪訝な顔をされることはなくなったし、街で好奇の視線を向けられることもなくなった。

――自分は社会に受け入れられた。

そう感じた私は、もっと社会に認められたい、と強く思い、二度目の整形を決意し、より美しい、いまの顔になれた。

実際、二度目の整形をした前と後では、全く別の人生だと自分でも思う。顔が変わるだけで、本当に世界が変わるのだ。外を歩くだけでも、すれ違う人の視線がまるで違う。

一度目の整形をする前の顔は事故によるものだったが、見る側にとっては、醜さのバックグラウンドなど関係ない。顔の右半分を覆う青紫のケロイド、異様に膨らんだ頬という凄惨な顔は人間の恐怖心を煽り、拒絶と差別を生む。それは条件反射的に生まれるもので、道徳や倫理とは別の話だ。

もちろん、そういった態度を表に出さない人だっている。だが、そういった人も嫌悪感を隠して対応してくれているだけに過ぎないのだ。私と接するのが嫌なことに違いはない。

人は皆そうなのだ……と思っていた。だが、温美だけは違った。

「卑屈になってるから、駄目なんじゃないかな」

ある日、そう話し掛けてきてくれたのだ。

転校して一週間が過ぎた頃だった。クラスに馴染めず、誰とも話をしていない私のもとへ、温美はずんずん歩いてきて言ったのだ。

私はその日も声を全然発していなかったので、

「……あ、……え」

と言葉にならない声しか出せなかった。そんな私を気にする素振りも見せず、温美は言った。

「自分で殻を破らないと、誰も破ってくれないよ？　そりゃあ、最初は大変だと思うけどさ」

「大変って……」

私は小さく唇を震わせた。

「……あんたなんかに、何が分かるっていうの」

「分からないよ。だから伝えないといけないんだよ」

「え？」

「人って鏡だから。こっちが笑顔で接したら、相手も笑顔になるって。ちょっとずつでいいから、皆と話してみようよ」

そう言って、温美はにこりと笑った。彼女が学級委員をしていたことを、私は後で知った。たしかに適任だ。私もつられて、思わず笑顔になってしまったのだから。

と、その時。ポケットから温美は何かを取り出し、私の目の前に差し出した。

「ほら、ちゃんと笑えるじゃん」

それは手鏡だった。鏡の中には、醜く顔を引きつらせる女の姿があった。まぎれもなく私だった。バッとそこから目を背け、両手で顔を覆う。

「ごめんごめん。ビックリした？　お姉ちゃんが修学旅行のお土産で買ってきてくれたやつなの。良かったらこれ、あげる」

「やだ！　鏡なんていらない！」

「そんなこと言わないの。ほら、これポケットにも入るから便利だよ」

言いながら、彼女は私のスカートのポケットに無理やりコンパクトミラーをねじ込んだ。

「それで笑顔の練習しておくこと。明日までの課題だよ」

そう言って、私が鏡を返す前に、自分の席へと戻っていった。それから今日まで、温美は私の良き理解者でいてくれている。

ちなみに後になって、お姉さんからもらった大切なものを、全然知らないクラスの人にぽんと渡してしまうのはどうかと思うと言ったことがあった。

だが彼女は全く気にしていない様子で、「私の近くにあるなら、問題ないでしょう」と言うのだ。

結局その鏡はいまも私が持っていて、毎日使っている。だから温美の言うとおり、今日まで彼女の近くにあり続けたということになる。

久しぶりにライブがない土曜の午後、私は温美を誘ってカフェで待ち合わせた。ただ、バンド練習がその前にあったので、私はギターを持ったまま会わなければならなかった。しかも、練習後のバンドミーティングが長引き、温美を待たせることになってしまった。

予定より二十分遅れてカフェにドタバタと入った私を、温美は笑顔で迎える。彼女はライトピンクのブラウスに同系色のヘアバンドをしていた。普段よりも少女っぽい雰囲気が、温美の指定したこの店のガーリーな雰囲気の内装とよく合っている。もしかしたら、それも計算のうちかもしれない。

「ごめん！　遅れちゃった」

「ううん、良かった。間に合ったね」

「え？　何？」

怪訝に思いながら座る私に、彼女はホクホク顔で言う。

「もうパフェふたつ頼んじゃったの。時間が掛かるって言われたから、いいかなって思って」

「え？　注文したの？」

「うん。だって早く食べたかったし」

「ちょっと待って。パフェって……、これ？」

私はテーブルにあるメニューの表紙を指差した。そこには『当店名物！　キングチョコレートパフェ』というでかでかとした文字と、生クリームが高く高く積まれたパフェの写真が載っていた。ブラウニーとチョコレートケーキ、バナナがそれぞれ落ちそうなほど乗せられていて、ご丁寧に『別皿をご要望の際はお気軽に申し出てください』という注意書きまである。

「これをふたつ頼んだの!?　無理だよ！　こんなの食べきれない！」

「いいじゃん、久しぶりなんだからさ。それに、宣伝にもいいかもよ？」

「宣伝？」

「叶多だって、気づいてる人もいるみたい」

言われて店内を見回した。すると、キラキラした目でこちらを見ている女の子と視線が合った。おそらく女子高生だろう、若いふたり組の「後で写真撮ってもらおうよ」と話している声がここまで聞こえる。CL⇅ROWNではなく、メテオのフォロワーだろう。

「あのさ……」

私は声を落とした。

「この状況で注文したものを食べきれずに残しちゃったら、まじでいろいろ悲惨なんだけど」

「そう？」

「そうだよ。『食べきれない量を注文して、ほとんど残してた！　食べ物を粗末にするなんて！』みたいなこと書かれて、拡散されるのがオチよ」

「食べきったらいいんじゃない？」

「無理に決まってるでしょうが！　私、甘いもの苦手なんだから！」

「分かった分かった。残したら私が食べるから」

「……最初からそのつもりだったくせに」

うふふ、とわざとらしく手を添えて笑う温美に、私は呆れた。一体この細い体の中にどうやったら大量の食べ物を詰め込むことができるのだろうか。物理的に無理がある……。

私の怪訝な顔を気にするそぶりもなく、温美は続けた。

「バンド、またはじめたんだよね？　真理子さんの件は何ていうか……大変だっただろうけどさ。私は活動再開には大賛成だよ」

「……ありがとう」

「だって、叶多のやりたいことだったもんねえ、バンドは。中学の時にいきなりギター買ったのには、ビックリしたけどね。まさかこんな風になるなんてねえ」

「そんなにいきなりだった？」

「うん。何かよく分からない曲聴きだしたし。とうとう頭がおかしくなったんじゃないかって」

温美は続ける。

「何だったっけ？　なんかすっごく暗いやつ聴いてたよね？」

「ニルヴァーナ」

「ああ、それか。……って、言われても全然ピンと来ないけどね」

「暗くないよ。鋭いんだよ」

私の言葉に、一瞬沈黙が落ちた。だがすぐに、

「何それ、全然意味分かんないよー」

そう言ってあはは、と笑う温美。相変わらず天真爛漫な彼女に、私は安堵した。

私と違って、言葉に敏感ではない温美とは、その分思いついたことを損得勘定なしでぶつけ合える。少々棘のある言葉でも、次々と新しい会話で洗い流せるのだ。温美以外の人から言われたら気に触るであろうことも、彼女から聞くとむしろポジティブな印象さえ持ってしまうから不思議だ。

　私は言った。

「そうそう。CL⇅ROWNね、メジャーデビューできることになったよ」

「えっ、そうなんだ！　おめでとう！　やったねえ、今日はお祝いに私が奢ってあげよう」

「ありがとう。まあ、ほとんど温美が食べるんだろうけど……」

「メジャーデビューってさ、ドラマの主題歌をしたりするんでしょ？　テレビに出たりCD出したり……。女優さんとかと一緒に写真撮れたりするのかな!?」

「まあ、うまくいったらね」

「すごー！　芸能人じゃん！　何か遠いところに行っちゃうんだねえ。でも、親友として誇らしいよ、私は。真理子さんも天国で喜んでるだろうねえ」

「どうかなぁ。真理子、天邪鬼《あまのじやく》なところあるからなあ」

「あー、たしかに。あの人、ちょっと中二病入ってたよね」

「黙ってたら普通に美人なんだけど」

「それは叶多もでしょー。ねえねえ、メテオで有名だと、俳優とかアイドルと出会えるって本当？」

「え？　どういうこと？」

「ほら、フォローが来たりすればこっそりＤＭでやりとりできるじゃん？」

「えー、どうなんだろう。私のとこは有名人ってあんまりいないけど」

「そうなのー？　一〇万人もフォロワーいるのに？」

眉間にシワを寄せて、露骨に疑うような表情を作る温美に、私はスマホを見せた。

「ほら、男の人からＤＭはめっちゃ来るよ？　でも返事しないし、とくに有名人もいないかなー」

「あ、本当だ。……それにしてもＤＭ来すぎじゃない？　いいなぁ、ちょっと分けてほしいくらいだよー」

「こんな知らない人に返事する人、いないでしょ。怖いし」

「何言ってるの。メテオで出会うなんて普通じゃん。私、いまの彼氏もそうだよ」

温美の言葉に、私は椅子から飛びあがった。

「え!?　彼氏いるの？」

「もー、驚きすぎ。そりゃあいるよー。私、こう見えてモテるんだからね？」

こう見えて、と彼女は言うが、モテないような容姿では全くない。ただ、こうした異性の話はどういう訳かいままで私たちの間で話題になったことがなかった。そういった意味でも、温美の口から「彼氏」という言葉が出ることに、私は言いようのない居心地の悪さを覚えた。

そんなことは気にも留めない様子で温美は続ける。

「叶多も彼氏くらいいるでしょう？」

「いないよ。バンドとメテオばっかりの生活だもん」

「え、嘘でしょ？　本当に？」

「うん。だって、音楽に集中したいから」

「……一気に不憫になってきた。私、バンドしなくて良かったわ」

ため息をついた温美に、私は続ける。

「まあ、それどころじゃなかったってのもあるよ。バンドはじめてからいろいろあったし」

「そうだねえ。真理子さんのこと、全国ニュースだもんね」

「それもだけど、その前の……」

私の言葉に、やや考える素振りを見せて温美は言った。

「ああ！　整形のやつね。見た見た、私のところにも回ってきてたよ」

「酷いよね、ほんと」

「そうだよねえ。誰にだって隠したい過去くらい、あるものなのにね」

「それでさ、この写真なんだけど……」

私はちょうど良い機会だと思い、スマホを操作し、告発記事を表示させた。温美のほうに画面を向け、問題の整形前の写真を指差す。

「これ、デュテオにしか投稿してないのよ」

「あ、そういえばそうだったね。鍵アカのほうね」

私はこの写真をリークしたのは少なくとも温美ではないと考えていた。彼女が一番付き合いが長いし、親友だ。温美だけはありえないと思う。もし私を陥れたければ、温美ならもっと酷いことだってできるはずなのだ——例えば突然縁を切る、とか。

「そう。だから、この写真をリークしたのはメンバーの誰かかもしれない」

「ええー、そうなるー？」

温美は手をあげてオーバーに驚いた。おっさん臭い動きにこっちが恥ずかしくなる。

「こんなこと、しそうな人がいるってこと？」

「しそうっていうのかな……多分」

「そ、そうなんだ」

「でも分かんない。メンバーの誰かがやったような気もするし、全然関係ないのかもって気もする……。疑いだしたら、本当に誰にやられててもおかしくない気がするっていうか……」

だが、そう言いながらも私の心にはまだ真理子への疑惑が拭いきれずにいた。逆にそれ以外のメンバーがやったとはどうしても思えなかった。もしかしたらそれは、バンドが軌道に乗っているからこそ『そうあってほしい』という私の願望も入っているのかもしれない。

だが、いずれにせよ亡くなったメンバーへの疑念をここで口にするのは気が引けた。

「ああ、それはあるよねえ」

でもまあ、と温美は続ける。

「誰かを疑うなんてこと、しないほうがいいんじゃないかな？　これがもしかしたら、これからいい方向に転がるかもしれないし」

「……いい方向？」

「ほら、めちゃくちゃ売れまくった後にこういうのが出たら、それこそ大変だよー？　デビュー前で良かったって思わないと」

そう言って温美はいつもの笑顔を見せた。

私の胸がずきりと痛んだ。

彼女の屈託のない明るさには、いつもながら感心する。それに今日まで、何度も救われてきた。いつだって、温美は前を向き続けられる人間だ。だが……。

その明るさが時として、どんなものよりも心に深く傷をつけるナイフになることを、私はいままさに身をもって知った。

彼女に罪はない。

ただ、悪意がないからこそ、この痛みを伝えることもできないのだ。救済されることのない苦しみこそ、本当の意味での地獄なのだった。

「された人じゃないと、分からないよ。この気持ちは」

私はボソリと呟いた。

が、その声が届くことはなかった。温美は届いたふたつの巨大パフェに意識を完全に持っていかれている。キャーキャーとスマホ片手にはしゃぐ彼女を見ながら、私は心の芯が急激に冷めていくのを感じていた。

いま、あの手鏡を見たらどんな顔が映るだろう、とふと思った。

CL⇅ROWNメジャーデビューの噂はバンド界隈ですでに広まっていた。ライブでは共演者や一部のファンから早くもお祝いの言葉をもらった。こういったことは秘密裏に進めるものだと思っていたが、どうやら業界は思っていた以上に狭いようだ。

「控え室にメジャーレーベルの社員が入っていった」というだけで、話題になるには十分なのだろう。

十二月十五日には、新曲『LOVE　BUZZ』のPVを発表した。クリスマスをテーマにした、美しいピアノの旋律が特徴的なラブバラード。

映像にもこだわり、メンバー全員がサンタの格好で演奏する様子が楽しめる。これもマーケティングを意識した禊太の提案だった。いつものCL⇅ROWNのイメージとは違う、可愛らしさが強調されたPVだ。

これまでの楽曲よりもキャッチーな音色とメロディ、見栄えを重視した衣装は、深雪の反発を買った。が、「CL⇅ROWNにも新境地が必要だ」という、禊太の意見が押し通された。

これは、一日で二〇万アクセスと、好調の滑り出しを見せた。前回の『雨女』が三日で三〇万だったので、この調子だとすぐに追い越しそうだ。

だが……二日後、再びCL⇅ROWNは窮地に立たされた。

十七日発売の週刊誌に、私の過去を暴露する記事が載せられたのだ。

それはかつて私の父のことを『妻の不貞に絶望し、娘とともに無理心中を図った運転士』と報じたあの、平塚のいる週刊誌だった。

『電車脱線事故から六年……加害者家族のいま！　顔を変え、人気インフルエンサーになっていた!?』という見出しが躍り、私の現在の活動が写真付きで事細かに掲載されていたのだ。

また絶対に平塚が書いたに決まっている。

CL⇅ROWNの名前や他のメンバーの個人情報こそ伏せられているものの、私のメテオのアカウントであげた写真や、動画のスクリーンショットなど、見る人が見れば一発でCL⇅ROWNと分かる内容だ。ネット上でもすぐに『あの記事はCL⇅ROWNの叶多のことだ』という噂が広まった。

ラムズレコードとの契約も「整形はともかく、あの有名な事故の加害者家族となるとイメージが悪すぎる」との理由で一方的に解除され、決まっていたライブも全てキャンセルとなってしまった。そしてメテオのフォロワーも二万人近く減り、一夜で八万人を切る数字へと転落した。

CL⇅ROWNは積み重ねてきたものを再び失った……一瞬にして。

平塚……許せない！

おそらくメジャーデビューの噂を聞きつけ、私を陥れようとしたのだ。


翌日の昼、私はいつものスタジオの一室にいた。綾、深雪、そよか、そして禊太……皆が言葉も見つからず、落ち着かない様子で押し黙る中、私は静かに頭をさげた。

「ごめんなさい。私のせいで、バンドがまた駄目になってしまった」

慌てた様子の綾の声が頭の上でする。

「ちょ……ちょっと！　何で謝るのよ。そもそも叶多は何も悪くないし……！」

「でも、皆、頑張ってるのに、結局いつも私の過去で振り出しに戻ってしまって……」

私の言葉にそよかが首を横に振る。

「それは違います。振り出しじゃありません。確実に前に進めてはいますから。だって、前回はインディーズレーベルが白紙になって、今回はメジャーレーベルが白紙になってるんですよ？　前進してるじゃないですか」

と、今度は冷静に深雪が口を開いた。

「前進かどうかは関係ない。それよりも……叶多の気持ち、聞きたい」

「え？　私の気持ち？」

「……叶多は、お父さんのことどう思ってる？」

「え、えっと……どうって……。何でいきなり？」

口ごもる私に深雪は続ける。

「……昔の記事のことは、私たちも叶多が話してくれたから知ってる。加害者家族って言われてたことも。でもそれは、外部からの見方に過ぎない。事実と真実は違う。叶多はお父さんのこと、どう考えているのかが知りたい。本当に心中なんだと思ってる？」

「それは……今は違うと思う」

「……どうして？」

「お父さん、弱虫だもん」

「……よわむし？」

首を傾げる深雪に私は続けた。

「最近まで、もしかしたら心中かも、って少し思ってたりもした。でも、『Ｅｒｒｏｒｍｉｎｄ』の詞を書いた時、当時を振り返ってて気づいたの。男らしくないし、決断力もないし、すぐ謝るし……お母さんと言い合いして勝ったところなんて、見たことない。だから、私と無理心中なんて、する勇気もないと思うんだよ。今思えば、多分、気が動転してただけなんだと思う」

私は自分に言い聞かせるように言った。真相は分からない。でもいままで何度も自分に問い続け、辿り着いた結論だった。

その言葉に、深雪は頷いた。

「……よく分かった。叶多にも分かってほしいのは、私たちも叶多のこと加害者家族なんて思ってない。叶多の味方だから」

「うん……本当にありがとう」

ややあって、そよかが言った。

「今回の件は、叶多の口からファンの皆に話したほうがいいんじゃないですか？」

「話す？　どうやって？」

「いまから動画を撮りましょう。そして今夜にもメテオとＹｏｕＴｕｂｅにアップするんです。叶多の過去を、自分の口でしっかり話せば、皆、分かってくれると思います」

私の口から、私の過去を……。

もちろん、気が進むものではない。これまで、自分の過去をずっとひた隠しにして生きてきた。だが、こういう形で露呈するくらいなら、肚を括って自分から言うほうが、まだ気が楽なのも事実だった。

「……よし。分かった」

私はふっと息を吐いて、そよかの前に座った。彼女はスマホをさっと取り出して言った。

「じゃあ、いきますよ？」

「え、もう？　ちょっと待って」

私は温美からもらった手鏡を出し、自分の顔を見た。

問題ない。

連日の寝不足でできたクマはしっかりメイクで隠れている。髪を直しながら、頭の中で言うべきことを整理した。そして、鏡の中の自分を見つめながら、心の中で呟く。

『鏡よ鏡。この世でもっとも美しいのは誰？』

——決まってます。それはきっと……。

「大丈夫。いつでもいいよ」

そよかが頷き、スマホを操作した。ピッ、という録画開始の音が鳴る。

私は静かに数秒間、頭をさげた。ゆっくり顔をあげ、カメラをじっと見据えて口を開く。

「今回の騒動につきまして、お話しさせていただきます。先日、週刊誌に報じられた私の過去——六年前に鉄道事故を起こした運転士が私の父である、というのは事実です。また、顔を変えて活動しているという報道、これも事実です。

私は、過去に二度の整形手術をしています。一度目は、事故により顔に負った大きな傷跡を治すため。二度目は、美しい容姿を得るためです。

事故のことについては、当時もさまざまな憶測が飛び交いました。私のプライベートは面白おかしく暴かれ、それが今日まで続いています。

父の起こした事故により、多くの命が奪われたことは事実です。

そして、私のプライベートは『表現の自由』という大義名分のもと、これからも晒され続けるでしょう。

私はずっと差別されてきました。時には人格を否定され、人生を土足で踏み荒らされ、社会の不満のはけ口にされ続けてきました。

自分だって、このサンドバッグみたいな身分に納得している訳がありません。何度も死にたい許されるんじゃないかって思うんです。

それが『表現の自由』なら、私がこうして音楽を続けたり、写真を投稿するのだって、許されるんじゃないかって思うんです。

事故の被害に遭われた方やその遺族の方の中には、私を見て不快に思う方もいらっしゃるでしょう。ですが、何ていうか……ほんの少しだけ、勘弁してもらえないでしょうか。

私にも人として生きる時間をください。

タイムラインに表示されてスクロールされる一瞬、動画に映る三分、ステージに立つほんの三十分……それだけでいいんです。そのわずかな時間だけでも、許していただけないでしょうか」

ふっ、と私は息を吐いた。少しの間、目を閉じて呼吸を整える。

自分のことを話すのは……怖い。何より慣れない。だけど、しっかり言葉にしないと……。

『泣け』

禊太が壁にもたれながら口の動きだけでそう言った。その言葉は、整えようとしていた息を荒くさせた。感情が一瞬であふれてくる。これまで何てことないと言い聞かせてきた傷が一気に痛み出した。次々と押し寄せてくる感情が、涙となって頬を伝っていった。

「か……叶多……」

そよかが心配そうにこちらを見た。そして、撮影を止めようと手を動かした。だが、私はそれを手で制した。

「……だ、大丈夫。ちゃ……ちゃんと最後まで撮ってて……」

手首で両目の涙を拭い、鼻を啜った。そしてもう一度深呼吸して、私は再びカメラに視線を向けた。

「……現在CL⇅ROWNは、メジャーデビューする予定だったレーベルから契約を破棄され、予定されていたライブも全てがキャンセルになりました。メテオもフォロワーがどんどん減っていて、コメントやDMも誹謗中傷だらけです。

今回の一件で、世間の皆様をお騒がせしてしまい、また、関係者の方に多大なご迷惑をお掛けし、誠に申し訳ございませんでした。

自分の置かれている立場は十分理解しているつもりです。それを踏まえて、お願いがあります。どうか、私に活動を続けさせていただけないでしょうか。

わずかな時間だけでいいんです。音楽をしている時間だけ、写真を投稿する時間だけ、私にください。

それ以外はもう、ボロボロの人生で一向にかまいません。いくらでも叩いてかまいませんから、どうか、少しの時間だけ、目をつぶっていただけないでしょうか……」

禊太編

刑事さん。

叶多の謝罪動画は、もしかしたら刑事さんの目にも留まっていたのではないですか？　十二月十八日の夜七時にYouTubeに投稿されたこの動画は、急上昇ランキング一位になりましたから。事件の注目度もさることながら、叶多の真摯な謝罪姿勢に心を打たれた人も多いと聞いています。

『話題のガールズバンド、涙の謝罪』という触れ込みで、ネットニュースや動画が山ほど作られていましたね。ええ、もちろん彼女の涙もわたしの計算のうちです。あそこで泣いてもらったからこそ、世間の注目度は更にあがったのです。

とはいっても、『加害者家族』というレッテルは否応なく叶多およびCL⇅ROWNを批判に晒し続け、謝罪動画は賛否両論を生み、炎上していきました。いま思えば、CL⇅ROWNを知らない人がこの動画で認知し、アンチになるという奇妙な流れもあったように思います。

というのも、現代社会では『叩いてもいい人間』が生まれたら、世間は善悪など関係なく徹底的に叩き潰すからです。

自分に全く関係がなかったり、自分が損をした訳でもない、全くの無関係な人間が、イナゴの大群のように湧いてきて、誹謗中傷を浴びせ続けるのです。それをしている人は、どこにでもいる普通の……本当に普通の人たちなのです。

叶多の父親が起こしたあの事故は——故意でやったのか何かのトラブルだったのか、はじめの頃はまだ確定しておらず、同情する声もありました。

が、母親の不貞行為が露呈した瞬間に、世論は一斉に敵に回りました。不倫に一番傷ついたのは叶多と父親です。なのにどうして、まるで自分が被害を被ったかのように、蚊帳の外の人間が袋叩きにしようとしてくるのでしょうか。

何度も言いますが、こうした行為をする人は、ごく普通の人——もしかしたら、あなたの同僚や上司や家族だったりする訳です。

表の顔は普通に社会生活を営む一般人でも、ネットを介した人格がそのままとは限りません。『普通の人』が、匿名の影に隠れた瞬間に銃を手に取り、躊躇いなく引き金を引く——そんな一面を持ち合わせているかもしれないのです。そして、むしろそちらが本性なのかもしれない……。

いずれにせよ、あの週刊誌の記事から謝罪動画までの一連の出来事の中で、CL⇅ROWNの活動が停滞してしまったのは事実です。キャンセルされたライブの後釜は、莉沙が穴埋めしたと聞いています。替わりはいくらでも控えている……これもまた、エンターテイメント業界の残酷な現実でしょう。

ライブパフォーマンス、衣装、PV演出、PR……。わたしがプロデュースを続ければ、必ず成功させられます。現に、それまでのCL⇅ROWNがそうでした。

ですが、活動できなければどうしようもありません。

彼女たちも続ける意思こそあるものの、その場を与えてもらえない状況にありました。世間の目は厳しく、メテオを更新してもコメント欄が荒れ、次回ライブのブッキングも未定のまま。

メテオはコメントを投稿できないようにすれば一応は投稿を続けられますが、バンドのほうはステージがなければ手も足も出ない。

そんな状況の中、意外な場所から救いの手が伸びたのです。

謝罪動画投稿から五日後のことでした。

その日の夜に、アップしたばかりの新曲PV『LOVE　BUZZ』のアクセス数が急増したのです。

気づいたのは綾でした。夜八時、『何か凄いことになってる!』とCL⇅ROWNのグループLINEにメッセージが来たのです。

その原因はすぐに分かりました。

ニューヨークの人気女性歌手Leon《レオン》が、ピアノ弾き語りカバーをYouTubeにアップしたのです。彼女はチャンネル登録者数が一千万人を超えており、日本フリークとしても有名でした。彼女は偶然見つけた『LOVE　BUZZ』を気に入り、英詞に自ら翻訳して動画を作成していたのです。

これをきっかけに、あらゆるSNSで『LOVE　BUZZ』のカバーが大流行しました。

世界中のさまざまなアーティストが自分たちの国の歌詞に翻訳して歌ったり、ギターアレンジやエレクトロアレンジなどをしたり……。インドネシア人の著名な歌い手が日本語オリジナルのままカバーをした動画も注目され、投稿後六時間で一〇〇万再生を記録するなど、一夜にしてCL⇅ROWNの楽曲がブームになったのです。

もちろん、事件のことについて心ないコメントをする人もいました。が、『プライベートと作品とは何の関係もない』という趣旨のLeonの一言で、世論の風当たりは落ち着きます。日本人はこういったいわゆる『逆輸入』的な評価にはめっぽう弱いのです。

本家であるCL⇅ROWNのPVも二十四日の夕方五時時点で三千万再生を叩き出しました。

その事実を知ったわたしは早速行動します。

メンバー全員をスタジオに集め、夜九時から急遽配信ライブをすることにしたのです。クリスマス・イヴに空前の大ヒットを遂げたクリスマスソング『LOVE BUZZ』を引っ提げてライブができる。この配信ライブに反対するメンバーはいませんでした。

パソコンとカメラ、配信のための音響を急いで手配し、メテオラリー、YouTubeチャンネル、そしてその時はUSTREAMも使い、全世界同時配信をしました。PVを意識したサンタの格好での演奏です。これまでの活動で楽曲は十分にありますし、停滞していたからといってCL⇅ROWNの演奏技術も衰えてはいません。

一時間に及ぶ生ライブ演奏はリアルタイム視聴者数三〇万人、更に終了後の夜十一時に録画したライブ動画をアップすると、一時間で一〇〇万再生と……信じられない数字を次々と叩き出していったのです。

この異様なまでの盛りあがりに、CL⇅ROWNメンバーは皆、驚きと喜びに満ちていました。

叶多は「いまもいいけど前の私も好き、って言ってくれる人がいたら嬉しいんだけど……」と弱気なことを漏らすほど戸惑っていましたが、この流れはもう止められません。ネットというのは一度波に乗ってしまえば、後は濁流に飲まれて流され続けるだけです。いい意味でも、悪い意味でも。

ただ、わたしだけはいたって冷静にこの状況を整理し、今後の展開を考えていました。

ライブ配信の時間別アクセス数推移や、投稿しているPVの再生数を踏まえて、これからの活動を計画しなければなりません。バンドの現状に浮かれず、現状を常に把握し、不測の事態にも極めて冷静に対処していく——それがマーケティングを意識したプロデューサーの仕事だからです。

翌日、午後一番にわたしを含めたCL⇅ROWNのミーティングの場を設けました。彼女たちは、今回の生配信ライブの大成功に喜びを隠せない様子でした。

わたしは、今後の方針について意見を述べます。

まず、メジャーレーベルとの契約は今後一切しないこと。これまで何度もレコード会社に振り回されてきたので、そこは全員が同意しました。

次に、売り出し方に関して。できるだけ早く次の新曲を作り、今後は『LOVE　BUZZ』や『雨女』のような、テンポを抑えた楽曲を中心に展開し、衣装も映像映えする可愛らしいデザインにしていくこと。

実は、今回のことで圧倒的に再生回数が伸びたのはもちろん『LOVE　BUZZ』でしたが、投稿PVのアクセスを分析したところ、他も明らかにスローな楽曲のほうがPV数が伸びていることが分かったのです。もし、これらの楽曲が全て『LOVE　BUZZ』のような衣装だったなら、より多くのアクセスを叩き出すことができたでしょう。

更に、ライブハウスでの演奏をしばらくはやめて、昨夜行ったようなインターネットを通じたライブ配信に注力していく、という提案もしました。

二十四日のライブ配信では、アップテンポのロックを演奏している時間帯がもっともアクセス数が低く、またPVもその時点で『Errormind』が一番再生数が少なかったのです。これは、CL⇅ROWNにロックが求められていない何よりの証拠です。

次回のライブ配信からは、『Errormind』を含むロックナンバーは全て削除し、ラブバラードやミドルテンポの歌を中心にセットリストを組むことをわたしは提案しました――提案というより、決定ですが。

難色を示したのは深雪でした。他のメンバーは概ね納得してくれましたが、彼女だけは、

「そんなのCL⇅ROWNじゃない！」

と、強く反発したのです。

普段はこんなに感情を剝き出しにする女性ではないので驚かされました。

もちろん、彼女の気持ちも十分に分かります。これまでのCL⇅ROWNはとにかくライブでしたし、中でもクールなロックナンバーがライブ全体の雰囲気を作っていたところがあったからです。怒濤のリズムと音圧、静寂と轟音を繰り返す狂乱のライブが評価され、また彼女らも武器だと考えて今日までやってきたのです。

それが、いままでのイメージと違うもので図らずも大ブレイクしてしまったが故に、求められ

る音楽が全く別物になってしまった……。

ただ、そうなった以上、これまでのCL⇅ROWNの方針で活動していくには、あまりに制約が多いのも事実です。

CL⇅ROWNのロックがもっとも魅力を発揮するのは、観客の目の前で演奏するライブです。つまり、ライブハウスでの活動が必要不可欠です。が、ライブハウスを使用するということは、それだけ関わる人数が多い……つまり、これまでのように、何か問題が起きるたびに、活動が止まってしまう危険があります。

とくに叶多のような、叩かれやすいメンバーがいると、これからも活動していくうえで、同じようなスキャンダルや誹謗中傷の流れが発生し、CL⇅ROWNの活動がまた停止してしまう可能性が高い。その度にバンド活動が停滞するのは、得策ではありません。

これを機に音楽のジャンルをガラリと変え、ネット配信だけでも活動を続けられるシステムを築きあげたほうが、創作をするうえでも余計な心配をしなくて済みます。

何よりブレイクしたことで、CL⇅ROWNのロックはすでに求められていないことが分かったのです。こういった合理的な考えの前に、そもそも需要のないことをやり続けること自体が、浅はかで愚かな考えだとわたしは言いました。

最終的に他のメンバーは賛成しましたが、深雪だけは結局意見を変えることなく、話し合いは終わりました。思えば、彼女は『LOVE　BUZZ』の制作段階からわたしの方針に反発しているような印象がありました。

その日の話し合いは、次回のライブ配信を十二月二十八日にすること、セットリストはとりあえずロックなしでやってみて、ライブ後、改めて話し合う、という暫定的な結論に留まりました。

思い返せば……この話し合いの中で、わたしの心はもう決まっていたのかもしれません。

――深雪を殺害しよう、と。

わたしに反抗する人間は、このバンドには必要ありません。もちろん、彼女のギタープレイは素晴らしい。ですが、今後制作していく楽曲において、深雪のギタースタイルは合わないのではという危惧がありました。彼女が今後、わたしのCL⇅ROWNに貢献するとはとても思えません。

深雪が唯一、CL⇅ROWNのためになる方法はたったひとつ。それは、彼女の死による話題づくり……ただそれだけです。

真理子の時と同様、深雪が死んでくれれば、より一層CL⇅ROWNは有名になるでしょう。

わたしはどんな手段を使ってでも、注目を集めたいのです。たとえそれが、殺人を伴ったとしても……。

叶多編

クリスマス・イヴに緊急ライブ配信をやって以来、CL⇅ROWNはスタジオにこもりっきりだった。プロデューサーの禊太からのオーダーで、『LOVE　BUZZ』に次ぐ楽曲制作のためだった。

そよかと私がそれぞれ新しく曲を作ったり、まだ作り途中のフレーズを出し合ったりしながら、かたっぱしから演奏して案を練った。それでも煮詰まったらスローからミドルのテンポでジャムセッションし、全員がピンと来る素材を手探りで模索した。

――前作を超える一曲を作る。それもスローテンポで。

禊太の指示どおり、ただそのために、全神経を集中させた。

前作で起きた前代未聞のヒットは、想像を超えるものだった。自分たちの知らないところで瞬く間に広がっていき、音楽番組ではCL⇅ROWNを出演させる代わりに『LOVE　BUZZ』をカバーするアイドルが出演した。一応メールで問い合わせがあったので許可を出したら、番組のクレジットにYouTubeのチャンネル名が載るという新しい形でテレビ放映された。

いつの間にか私の歌声を街で聞かない日はない、という状況までのしあがっていた。

つい先週まで、ライブの全日程がキャンセルされ、フォロワーがどんどん離れていた私たちが、である。私のメテオフォロワーも四〇万人を突破していた。

ただ、このブームが一過性のものであることを、痛いほど理解している。ネットの流行は移り変わりが早い。昨日までトレンドだったものが、今日は時代遅れの産物になることなど日常茶飯事だ。

もちろん、ブームが長引いて広く受け入れられ、定番として愛されるようになるものもある。

だがそれは、もはや自分たちの力でどうこうできるものではない。大衆が決めることだ。

私たちにいまできることは、より良い——正確に言えばより世間に受ける楽曲を発表し、曲ではなくCL⇅ROWNが認知されることなのだ。

それは決して簡単なことではなかった。

設けられたハードルはあまりに高く、一向に前に進めない。そうしてもちろん新曲も間に合わないまま迎えた二十八日の配信ライブは前回同様好評に終わったものの、私たちは釈然としない思いを抱えたままだった。

大晦日。盛りあがる世間を尻目に私はひとり、部屋の中でギターを抱え、ネックをそっと握った。左手でGコードを押さえ、ピックを持った右手を軽く振りおろす。ジャーン、とエレキギターが振動し、生音が部屋の中で虚しく鳴った。

ただそれだけだった。

弦が揺れ、音が鳴る。

たったそれだけのことしか起きない。

いつもなら、その音は私に景色を見せてくれた。ある時はからりと晴れた空、ある時はいまにも降ってきそうな満天の星、海の匂い、吹き抜ける春の風……。

Amコードに押さえ直し、再び右手を振りおろす。

何も感じられない。ただ音が鳴るだけだ。

色味も言葉も生まれてこない。

――いい曲ができない。

どうして……早く作らないといけないのに……早く完成させないと……早くPVを撮って発表して……皆に見てもらわないといけないのに。

周りから人がどんどんいなくなっていく。興味を失われてしまう。

「ああ、もう！」

私はギターを壁にぶん投げた。

バン、と鈍い音を立ててギターが落下する。床に落ちたギターは衝撃で弦が揺れ、空っぽの音が部屋中にこだました。

その一連の出来事が、私にはどこか別世界の出来事のような気がしてならなかった。まるで画面の向こう側で起きている景色をぼんやりと見ているような。

もしこれが夢なら、早く覚めてくれと願う。

悪夢だ。それも、どんな夢よりも恐ろしい、サイケデリックな夢……。

こうして、これだといえる楽曲もできないまま、新年を迎えた。

そよかは相変わらず楽曲を量産してくれるものの、CL⇅ROWNの楽曲としてうまく昇華できない。スタジオに入っても、皆で音を合わせてもピンと来るものは一向にできず、ただ時間だけが失われていく日々。

年が明ける頃には、『LOVE　BUZZ』の人気は急激に落ちていた。YouTubeのランキングも転落し、アクセス数も下落。カバー動画をあげる人も減っていった。

一番の原因は、この曲がクリスマスソングだということだろう。クリスマスの盛りあげには一役も二役も買ってくれたが、クリスマスが終わり、年末が過ぎればあっという間に過去となってしまう。更に新年は、気持ちが切り替わる。古さに拍車が掛かってしまうのは必然だ。

年末年始を返上したにもかかわらず、楽曲はまだできていなかった。その輪郭や方向性さえうまく摑めないまま、ただ時間だけが過ぎていく。

全員が疲弊し、これまでのような何気ない会話もなくなっていた。ピリピリとした空気、何に苛立ちを覚えているのかももう分からない中で、曲作りは続いていった。

乾いた雑巾を絞り続けるような毎日の中、それでも何とか一曲の形にできたのが、一月十三日の夜だった。

『Light, Slide, Dummy』と名づけた新曲は、新たな旅立ちをイメージした、ポップソングだ。軽快なミドルテンポのリズムに爽快感あふれるアコースティックギターが特徴の楽曲で、新年の始まりはもちろん、これから迎える春にふさわしい一曲となっている。

結局、私の考えたギターフレーズをそよかが展開していく形で新曲は完成した。

時間がないと焦った私たちは大急ぎでＰＶを制作。撮影する時間も惜しかったので、これまでのライブ映像をドキュメンタリーのようにそよかが切り貼りして制作した。

苦肉の策だった。同月十七日夜七時にＹｏｕＴｕｂｅで発表。それに伴い、新曲配信記念ライブを一時間行った。

だが……。

その後二十四時間での再生数は七万程度に留まった。

たったの七万再生……つい数日前まで、私たちの曲で世間は賑わっていたはずなのに……まるでそれが嘘だったかのように、新曲は振るわなかった。

――もう、CL⇅ROWNに価値はない。

数字がそのまま、私たちの存在を否定しているような気がしてならなかった。

バンド内にはこれまでにない険悪なムードが漂っていた。

あれだけ苦しみ、悩み抜いて発表した曲が全く評価されていない現実。しかも、ただ受けなかった訳ではない。「こういった曲が受け入れられるだろう」という目論見が外れたのだ。

そのために捨てたものだってある。自分たちのやり方をやめ、禊太の指示どおりに動いた。これまでのCL⇅ROWNの音、活動方針、演奏スタイル……心を殺して犠牲にした代償としては、今回の結果はあまりに酷すぎた。

とくに最後まで意見を譲らなかった深雪の荒れ具合は凄まじく、練習中に突然ギターを床に叩きつけて出ていき、そのまま戻ってこない日もあった。

「一発屋」「前回はたまたま当たっただけ」「前のほうが良かった」……PVのコメント欄も辛辣な評価であふれ返る。

私たちはどんよりとした空気の中、新しい目標も思いつかず、ただスタジオに集まり、何となく音を合わせたり既存曲を流して演奏するだけの日々が続いた。


新曲を投稿して一週間後。

昼の十二時四十五分、スタジオ前に集まったＣＬ⇅ＲＯＷＮだったが、約束の時間になっても深雪が現れなかった。

練習開始の午後一時を過ぎても来ない彼女が心配になり、電話をしてみるも繋がらない。

「……どうしたんでしょう」

キーボードの前で不安そうな表情のそよかが、私のほうを見た。

――もしかして、バンドを辞めるつもりなのでは？

口には出さないものの、彼女の目はそう訴えていた。

たしかに、今回のバンドの方針に唯一最後まで反対していたのが深雪だった。私も含め三人はある程度納得はしていたのだが、彼女は最後まで自分の意見を曲げなかった。これでコケたらＣＬ⇅ＲＯＷＮを見限ろうと考えてもおかしくはないだろう。

私は努めて平静を装って言った。

「とりあえず、深雪抜きではじめちゃおう。せっかくスタジオ借りてるんだし」

「そうですね……。途中で来るかもしれないですし」

そして、深雪のいないまま練習が始まった。

が、ピアノが中心の楽曲を三曲演奏したところで、綾がベースを肩からおろして言った。

「……私、やっぱり深雪のところに行ってみる」

「分かりました。今日の練習はこれまでにしましょう。深雪はもしかしたら、このバンドについて悩んでるのかもしれません」

だが、皆を代表して言ったようなそよかの言葉に、綾の顔は一層暗くなった。

「いや、それもだけど……」

そう言って彼女は下を向く。

『もしかしたら、何か事件に巻き込まれたかもしれない――真理子のように』

綾の顔からは、そんな心情がうかがえた。それを見て、私も変な胸騒ぎを覚えた。

もしかして……いや、まさか。

私もギターをおろして綾に同意する。

「綾、私もついていくよ。そよかはどうする？」

「私も行きたいですが、この後ピアノのレッスンがあって……ごめんなさい。一応、深雪の実家に電話しておきます」

「ありがとう。じゃあ綾、行こうか」

私と綾は機材の片付けを早々に済ませ、スタジオを後にした。

深雪の住んでいるアパートは、スタジオのある渋谷から電車で十分程度のところにある。様子を見に行くのは苦ではない。

だが……。

駅へと歩きはじめる綾を私は引き留めた。

「あの、申し訳ないんだけどさ……」

「ん？　どうした？」

「タクシーで行こうよ。お金は私が払うから」

「え、いいの？　多分三千円くらい掛かると思うよ？」

「うん、大丈夫。私、電車はちょっと……」

その言葉に、綾ははっと気づいた表情を見せた。私は電車に乗るといまだに、昔のことがフラッシュバックして、気分が悪くなってしまうのだ。

「あ、そうだったね。ごめん、何も考えてなかった。そっちのほうが私も楽だし、助かる」

「うん、じゃあ行こう」

私たちは近くに停まっていたタクシーに乗り込んだ。

私は不穏な胸騒ぎを感じていた。そして、車が進めば進むほど、その予感は強まっていく。

やがてタクシーがアパートに到着した。

料金を払って車を降り、そこからアパートを見あげて部屋の様子をうかがう。五階建てアパートの東側四階にある深雪の部屋は、どうやらカーテンが閉まっているようだった。電気もついていない。

「……いないのかな？」

不安げな顔を浮かべ、綾は言った。私は頷くかわりに、アパートの入口へと向かった。

共用玄関の前に立ち、チャイムを鳴らす。ピンポーン、という音は鳴るものの、応答はない。何度か鳴らしてみたが、結果は同じだった。

私たちは顔を見合わせた。

綾はいまにも泣き出しそうな目で、こぼれそうな涙を歯を食いしばってこらえている。私だって同じ気持ちだ。真理子を見つけた時のことが脳裏を過ぎる。あの時も、こうやって何度もチャイムを鳴らしたのだ。いま鏡を見たら、彼女と同じ表情をしているかもしれない。

しばらく、お互い黙ったまま見つめ合った。

「どうしよう。もしかして……」

私が小さく呟いたその時。

「どうしました？」

後ろから男の声がした。びくっとして私たちは振り返る。

そこには、ひょろっとした背格好の男性が立っていた。一八〇センチ以上はありそうな長身にもかかわらず、吹けば飛びそうな華奢な体をしている。

「あ、いや、その……」

私は思わず口ごもった。突然の出来事に頭が混乱した。

もしかしたら、私たちが泣きそうになっているのに気づかれているかもしれない。そう思うと、急に恥じらいが込みあげてきて、余計に何も返事が浮かばなくなる。

そんな私の挙動不審に気づくそぶりもなく、男は言った。

「CL⇅ROWNの叶多さんですよね？」

「え？」

「ファンなんです。握手してもらえません？」

笑顔で手を差し出す男に、つられて私も手を出した。

彼は続ける。

「ビックリしました。深雪がいつもお世話になってます」

「あの、あなたは深雪の……？」

「ああ、申し遅れました。兄の木栗祐樹《ゆうき》です」

お兄さん？

驚いて思わず綾と顔を見合わせる。綾は目を見開いたまま、深雪の兄に向かって素っ頓狂な声をあげた。

「え？　え？　深雪、お兄さんがいらっしゃったんですか!?　知らなかった……」

「ああ。あいつ、ひとりっ子って感じがするでしょう？　自分の殻にこもるし、我儘だし頑固だし」

「いえ、そういう訳では……」

「いいんですよ。まあ歳も離れてるから仕方ないんです」

祐樹は続ける。

「そよかさんが実家に電話を掛けてくれたからこっちに連絡が来て。それで心配になってすぐに来たんですよ。深雪、たまに集中しすぎて倒れることあるから」

「そうなんですか？」

「ええ、馬鹿ですよねえ。集中すると止まらないんですよ。それで、飲まず食わず眠らずでずーっと何かしてて、いつの間にか倒れちゃうんです。だから、とくに音楽に向き合っている時には僕がここに来て世話してやることも結構あるんですよ。……ああ、そういえばCL⇅ROWNで最近、新曲作ってたでしょう？」

「はい、先週アップしました」

「ですよね。僕、先々週もここに来ましたよ、ご飯作りにね。……本当、ひとり暮らしには向いてないんだから、あいつ」

迷惑そうな口ぶりながらも、どこか満更でもない様子で祐樹は言った。

「ちょうど良かった。じゃあ、一緒に入りますか」

そう言って、祐樹は鍵を取り出した。

「え？　いいんですか？」

「何か迷惑掛けちゃったんでしょう？　たまには叱ってやってください」

言いながら、裕樹は共同玄関のロックを解除した。自動ドアがすっと開く。

「ほら、早く入って！　ここのドア、すぐ閉じちゃうから！」

私たちは慌てて足を動かした。

中に入るやいなや、自動ドアは綾の背負ったベースを挟みそうな勢いで閉まった。

私たちはそのまま一緒にエレベーターに乗り、深雪の部屋の前に立った。やはり電気が消え、しんと静まり返っている。裕樹がインターフォンを鳴らすが、その音は室内に虚しく響くだけだった。

「……しょうがないな」

祐樹はノックを数回すると「開けるぞー」と言いながら合鍵を刺した。すんなりとドアを開け、彼は玄関の電気をつけた。まるで自分の部屋のように躊躇うことなくすっと入っていく。

私も後に続こうと、玄関に足を踏み入れようとした。

……が、それはできなかった。立ち止まった祐樹の背中に、私のおでこがぶつかる。

「ご、ごめんなさい」

反射的に詫びたが、その言葉は彼の耳には届かなかったようだ。

その場に固まったまま動かない祐樹の後ろ姿を見て、背中を悪寒が走り抜けた。

同時に、錆びた鉄のような匂いがツンと鼻についた。

祐樹が叫び声をあげて後ずさり、私たちを外へと押し出す。

「見ちゃいけない！」

私たちはされるがまま、ドアの外へと一気に出る。

この細い腕にここまでの力があるなんて……と、私の頭の中で妙に冷静な分析がなされた。

が、同時に非常事態を直感した。心臓がドクドクと張り裂けんばかりに鼓動する。

部屋の外へと出されるその時、祐樹の腕の隙間からチラリと中の様子が見えた。部屋の奥のほうに置いてある全身鏡が、私の目に飛び込んでくる。

その鏡に写っていたのは、床に広がった赤い液体とばったりと倒れている誰かの姿だった。

直接顔を見なくても、それが深雪だと理解できた。

と同時に、彼女の胸に突き立てられている棒状の何かがきらりと光った。

それがナイフで、深雪の胸に刺さっていると気づいた瞬間、意識はブラックアウトしていった。

※

大歓声の中に私たちはいた。

野外ステージの前には、地平線の向こうまで観客がひしめいている。メインステージ収容人数四万人……舞台上の私は、その光景に圧倒され、呑み込まれそうになる。

と、その瞬間。クラッシュシンバルが伸びやかに鳴り響いた。駆けあがる炎のような響きには聞き覚えがある——真理子だ。振り向くと、自信に満ちた顔でバスドラムを踏みはじめる。

続いて、綾がベースの開放弦を彼女の足に合わせた。踵をあげて体を上下に振るたびに、メインスピーカーからの超低音が、地響きとなって客席の足下をぐわんぐわんと大きく揺らす。

昂っていく空気の中、花びらが舞うようなピアノの旋律がふわりと鳴った。そよかだ。

そして、それらの音を打ち壊すように、けたたましい轟音ギターが炸裂した。見ると、首を振って前のめりに音を掻き鳴らす深雪の姿があった。

会場のボルテージは一気に最高潮に達した。私は肩の力を抜き、小さく息を吸ってから、見えないくらい遠くにいる客の頭蓋骨に向かって、思いっきり叫んだ。途端に観客はもみくちゃになって狂乱していく。

鼓動するリズム、耳をつん裂く爆音。天から降り注ぐ音圧と静寂の連打。強烈な和音。滴っていく汗とともに、高揚感に包まれていく私たち。

五人の発する音が共鳴し、客席の興奮が溶け合い、ひとつの大きな塊となっていく。

私はふと客席に目をやった。

すると、周りの熱狂とは全く別の場所にいるかのように、禊太が腕を組んでこちらを見ていた。目が合うと、彼の口元がぐにゃりと歪んでいく。

その瞬間、ピタリと音楽が止まった。

真っ黒い世界の中、全ての音が消え去った。宇宙空間のように果てしない黒と無音が私を包む。

……え？　何が起きたの？

キョロキョロと周りを見てみるが、どこにも何も存在していない。だが。

「ぎゃっ！」

後ろのほうで叫び声がした。

振り向くと、真理子と深雪が倒れていた。私は思わず駆け寄った。走っているはずなのに足音が全くせず、静寂に耳がツンと痛い。

ふたりは、どくどくと血を流して倒れている。私はその姿を見たことがあった。

あの時と同じだった。あの時――彼女たちの死体を見つけた時だ。

私は何かを言おうとした。だが、それはできなかった。意思に反して、全く声が出なかったからだ。

「グキャキャキャキャ」

突然、耳元で甲高い笑い声がした。

私は耳を塞いで、その場から逃げようと走り出した。だが、どこまで行っても笑い声は小さくならない。

すると、どんと何かにぶつかった。目をあげると、禊太の姿がそこにあった。彼はこちらをじっとりと見つめ、ゆっくりと口を動かす……。

※

はっ、と私は目覚めた。

見覚えのない白い天井が、視界に飛び込んできた。

頭の中にまだ禊太の不気味な表情が張りついている。訳が分からず、私は立ちあがろうと体を起こした。

「寝てないと駄目だよ」

ベッド脇から声が掛かった。聞き覚えのある声だ。

そちらを見ると、パイプ椅子に腰掛けた温美の姿があった。私はしばらく彼女の顔を見て静止していたが、

「体はとくに問題ないみたいだけど」

と言って笑顔を作る温美の姿を見て、再びゆっくりとベッドに体を預けた。そこでやっと、ここが病院だと気づいた。

「叶多……覚えてる？」

「……何を？」

「ううん。何でもない」

首を振る温美。枕元の時計に目をやると、夜九時を回っていた。どうやら、六時間近くも意識を失っていたようだった。

気まずい沈黙。

あの温美でも言葉を選ぼうとしてくれているようだ。私はそんな彼女に、小動物に抱くような愛らしさを覚えた。

そして、どれだけの時間かは分からないが、長い時間をこうして付き添ってくれていたであろうことに、心から感謝の気持ちが湧きあがる。

「ありがとうね」

小さく言った私の言葉に、温美はぶんぶんと首を振った。

と、その時。

病室のドアがすっと開いた。

それに気づいた温美が目をやり、露骨に表情を変えた。視線の先の相手は、彼女に不快感をもたらしたようだった。

「ああ、目が覚めましたか」

そう言いながら、スーツ姿の男がふたり、ズカズカと病室へ入って来た。

私は上半身を起こす。筋肉質で背の低い中年男性と、棒切れのような若い男だった。そのうちの中年のほうが頭を掻きながら先陣を切ってこちらへと近づいてくる。

「どうですか？　具合のほうは」

「え？　ええ、何というか……」

私は言葉を詰まらせた。

自分の状態がまだよく分かっていないが、少なくともここは明言を避けたほうがいいと直感した。温美は変わらず露骨に不満げな表情を浮かべている。

少なくとも、彼らは私たちの味方ではなさそうだった。それは、印象の若いほうが「警察です」と、ポケットから警察手帳を取り出した後も変わらなかった。

若い刑事が高圧的に言った。

「一月二十三日の夜、何をしていたんです？」

「……え？」

「木栗深雪が強姦されて殺された日のことですよ。あなた、その時間は何を……」

「ちょ、ちょっと！」

温美が割って入った。

「何ですか、いきなり！　叶多はこんな状態なんですよ？　少しは気を遣ったらどうなんですか？」

「事件ですから。人が殺されているんです」

「だからって、そんな無神経に……」

淡々と言う若い刑事の言葉を聞いて、ようやく私は気を失った時のことを思い出した。

今日の昼、深雪の兄と部屋に行って、彼女が死んでいるのを見つけて……。

――殺されてたんだ。やっぱりそうだったんだ。しかも真理子と同じように強姦されて……。

記憶はどこかぼんやりとしていて、遠い世界での出来事のような気がしていた。彼女の死はもちろんのこと、いまこの状況も、障子の向こう側の会話を盗み聞きしているように現実感がない。

「まあまあ、そうかっかしないで」

中年の男がふたりの間に割って入った。

ややあって、写真を二枚取り出し、私に差し出してきた。

「ええと、こちらの方が、今回の被害者である深雪さん。彼女はＣＬ⇅ＲＯＷＮというバンドでギターをしていた、ということでしたね？」

「深雪は本当に殺されたんですか？」

「はい。残念ながら」

「じゃあ、もう二度と会えない……」

これまでぼんやりとしていた意識の中から、どうしようもない激情が一気に噴き出してきた。

初めて会った日のこと、私の歌を褒めてくれたこと、練習中、皆の会話に入らず黙々とギターを弾く姿、ライブに没頭するあまりこぼれるあの笑顔……。

もう会えない、もう、深雪と一緒に音楽をすることも、話すこともない……。

涙腺が決壊して、私は膝の上に突っ伏した。子供のように泣きじゃくり、わあわあと声をあげる。

「叶多……」

頭の上で温美の声がした。

優しく背中を撫でてくれる彼女の手の温かさに、私の心は余計に震えた。

どれだけ泣いただろう、はっとして私は頭をあげた。

「け、刑事さん……深雪を殺したのって、真理子を殺した人じゃないんですか？」

私の勢いに驚いたのか、若い刑事はたどたどしい反応をする。

「え、いやそれはまだ何とも……」

「そうなんですよね!?　何で私の友達がふたりも殺されないといけないんですか！　何してるんですか……警察って、何もしてくれないじゃないですか……」

「事件解決のために努力している」

「努力って……結果の出ない努力なんて、ただの自己満足です。こんな所にいる暇があったら……」

「まあまあ、叶多さん。お気持ちはお察しします。どうか、落ち着いて」

中年のほうが再び仲裁に入る。ところで……と彼は続けた。

「叶多さんは、ギターボーカルをされているんですよね？」

「え？　……そうですが、それが何か？」

こんな時に何を聞くのだろう。ムッとする私に、中年刑事は穏やかな笑みを浮かべて言った。

「ギターっていうのは、楽しいですか？」

「は？」

「いや、私は弾いたことがないもので、全く分からないのですが。何ていうんですか、こう……不思議な魔力みたいなのが、あの楽器には備わっているんですかねえ」

「何が言いたいんでしょう」

「彼女の部屋なんですけどね。ギター関連のものしか置いてないんですよ。生活に必要なものも、ほとんどありませんでした。ほら、これを見てください」

言いながら、もう一枚の写真を指差す。

「これ、彼女の部屋の冷蔵庫なんですけどね……ほら、ここ。分かります？」

その指の先を見たが、彼が何を言いたいのか分からなかった。黙り込んでいると、刑事は先を続けた。

「ほら、繋がってないでしょう、このコンセント。冷蔵庫はあるんですけど、コンセントが刺さってないんですよ。で、ここのコンセントは何に繋がってたのかというと……こっちの写真です」

そう言って、更にもう一枚写真を取り出した。

そこには、見慣れた彼女のエフェクターボードが写っていた。

「これですよ。凄い人ですねえ、深雪さんって人は。冷蔵庫のコンセントを抜いてまで、この機械の電源を付けたかった訳ですから。叶多さん、これが何か、ご存じですか？」

「……エフェクター」

私がそう言うと、刑事はわざとらしいリアクションをした。

「へえええ、これエフェクターっていうんですか！　私もね、言われればそれくらいは分かりますよ。ギターを弾きながら、これを踏んで音を変えるんでしょう？　ね？」

「……はい」

「そうですかそうですか。なるほど」

芋くさい演技である。

彼はそんなことははなから知っていたのだ。知っていてあえて、私にこんな写真を見せてきた。

だが、その意図が分からない。

私が再びじっと押し黙っていると、刑事は頭を掻いて続けた。

「ちなみに、こういうものにも、値段のばらつきがあったりするんです？」

「というと？」

「ほら、テレビでたまにやってるじゃないですか。変な壺みたいなのが何百万とか、千円くらいで買った古臭い人形が何十万とか……プレミアものっていうんですかね」

「ああ、なるほど」

流石に何百万というものはないが、エフェクターの値段もバラバラだ。数千円で買えるものもあれば、何十万もするものもある。生産数が限られていたり、著名なアーティストが使っていたりすると、それだけ価値は高くなる。まあ、音楽機材というものはだいたいそんな風に値段に幅があると思うが……。

「うーん、この写真の中にはないかもしれません」

「そうなんですか？」

「はい。深雪が持っていたのはもっと高いものがあったと思うんですけど」

「ほう」

刑事の目がギロリと光った。

「ビッグマフっていうのを、彼女は持ってました。それは何ていうか、ヴィンテージって呼ばれるやつで。一九六〇年代に作られた、銀色の大きい箱みたいなやつなんですけど」

「なるほど。それはいくらくらいですか？」

「二〇万円くらいです。でも、深雪が持っていたのはかなり状態が良いので、もっとするかも……。そもそも、お金を出したからといって買える訳じゃないんです。もう生産されてないから、中古しか出回ってないんですけど、なかなか手放す人がいなくて」

私は続ける。

「希少価値が高いんです、深雪が持っていた個体は。箱付きだし、印字されてる文字も通常盤じゃない色の仕様で、改造もなかったから。実際に使うよりも、コレクション用って感じで……」

「そんな高価なものを、彼女は買っていたんですか」

「いえ、私が貸してました」

刑事は、先ほどよりもずっと自然に納得した様子を浮かべた。

「ああ、なるほど。たしかに、深雪さんの経済状況を考えれば、ちょっと不自然だなと思ったので」

「銀色の箱って、どのくらいの大きさ？」

若いほうの刑事がぶっきらぼうに聞いた。私は両手の人差し指でジェスチャーをし、細長い四角を空中に描いた。国語辞典ほどの大きさだ。

「うーん、これくらいかな……」

「結構大きいんだな」

「はい。多分、見たらすぐに分かると思います」

「この写真には写ってない？」

「ええ、そうですね」

「なるほど。となると盗まれた訳か」

「……え？」

独り言のように呟く若い刑事の言葉を、私は聞き流せなかった。

「部屋にはなかったんですか？」

「その写真に写っているもので全部だった」

「…………」

私は手元の写真を改めて見た。

CL⇅ROWNの方針を変えてから、深雪のギタースタイルも変わり、それに伴い使用する機材も変わった。その写真には、私が他に貸したものもいくつか写っていた。だが、刑事の言うように、やはり問題のビッグマフはない。

「あ、もしかして……」

中年の刑事が写真の一部分を指差した。

「そのなくなったやつは、ここに入っていたんじゃないですか？」

見るとたしかに、エフェクターボードを置くにはちょうどいい、ポッカリと空いているスペースがあった。私が頷くと、刑事は続けた。

「じゃあ、犯人が持っていった可能性がある、と」

若い刑事が眉をひそめた。

「もしかして、これが目当ての強盗殺人とか？」

「二〇万のために人は殺さないでしょう。あ、でも希少性が高いって話か。殺してでもほしくなる人は、もしかしたら……いやいや、盗むならスタジオやライブハウスで盗んだほうが手っ取り早い。だとすると、何か意図があって持ち去ったとか」

中年の刑事はサッと身を翻した。

「じゃあ、私たちはこの辺で。何か思い出したことがあったら、いつでもおっしゃってください。では」

病室を出て行こうとする彼らの背中を、私たちは呆然と見ていた。が、中年はすぐにこちらを振り返って言った。

「私の名前は爽崎と言います。何かあったら連絡してください」


退院した翌日、私は、一日中部屋の中に引きこもった。

昼になってもベッドから起きあがれず、足の親指をぼんやりと見て過ごした。

『LOVE　BUZZ』が大ヒットしたこともあり、CL⇅ROWNの認知度はまたあがっていた。すでに曲自体は過去のものになってはいたが、再びメンバーが殺されたとなると大きな話題になるようで、取材陣が殺到しており、外に出ることもままならなかった。

パソコンを開けば山のような問い合わせや中傷メールが入っており、開く気にもなれない。ネットニュースでも深雪の事件はトップを飾っていて、いろいろなことが急に嫌になった。

三時を過ぎた頃、ちょうど皆のＬＩＮＥに連絡が来たので、綾、そよかと三人でオンライン会議をし、CL⇅ROWNの無期限の活動休止を決定した。

今夜七時に公式ホームページで発表することになった。

深雪の一件で再び注目が集まり、最新曲のアクセス数は増えているのだろうが、私の心は微動だにしなかった。再生数を確認する気さえ起きない。

アパートの外はガヤガヤと騒がしかった。私の部屋は三階だが、その喧騒は窓を閉めているのにここまで聞こえてくる。あの中に平塚もいるのだろうか。おそらくいるだろう。私が顔を出すのを、首を長くして待っているに違いない。

スマホを持つと、くせでメテオを開いてしまうので、できるだけ体から遠いところに置くことにした。告知はそよかに任せたので、もう私のすることはなくなった。

通知音を切り、再びベッドに横になる。

ボーッと天井を見つめて、眠ったような眠っていないような、身の置き場のない時間がだらだらと過ぎていく。

私の身に降り掛かった悲しみや喪失はあまりに大きなものだった。メンバーふたり目の死は私の心では到底受け止められないもので、真正面からぶつかってしまったら何かが壊れてしまうことは目に見えていた。

何も聞こえず、何も感じられなくなった私は、ただ自分の呼吸だけに意識を向けて時間をやり過ごした。

そうやって、まるで遠泳のように一回一回の呼吸に神経を尖らせていないと、きっと私はどうにかなってしまう。途方もなく広がる海の真ん中でひとり、見えない向こう岸に向かって泳ぐ。海の巨大さや途方もない深さを一秒でも思い出さないように。心を殺して一秒、また一秒とただ命を引き延ばす。

そうする以外に、私は耐えがたい悲しみをやり過ごす方法を知らなかった。けれどもしかしたら、もうすでに私は壊れていたのかもしれない。

瞬く間に四日が経った。

私は相変わらず廃人のように部屋に閉じこもり、足の指と低い天井を眺める毎日を送っていた。外に張りついていたマスコミも少しずつ減っていき、おそらくもう誰も私に関心がないのだろうが、だからといって何か行動を起こそうという気にもなれなかった。

これまでの私は、音楽という大義があったからこそ、めげずに動き続けられていたのだろう。社会的な自分の役割が見いだせない人間は、それを得ようと努力する。社会的な価値を手に入れ、経済という共同体に自分の身を置き、自分の価値を見つけていく。

ただそれは、自分の中に何か人に貢献できるものがあると思えているからこそできることである。私は歌でそれができると思っていた。だが、仲間を失い、表現できるものも失ったいま、自分に何の価値があるというのか。

私の頭の中にはどんよりとした濃い霧がかかっていて、何を考えるにしても輪郭の摑めない感覚だった。

そんな濃霧を晴らしたのは、夜に入った速報ニュースだった。

何と、真理子と深雪を襲った強姦魔が逮捕されたというのだ。都内の女性宅に押し入ろうとしたところを取り押さえられ、余罪を追及していく中でふたりを殺したことも自供したらしい。

『牧野二郎《じろう》』という無職の二十八歳――ニュースに映ったその顔は、蒼白の肌に痩せこけた頬をしていて、凶悪な強姦魔のイメージとは違っていた。どちらかというと、ひ弱で事件に巻き込まれる側になりそうな印象だったが、すでに一〇件以上の犯行を自供しているという。

やはり同一犯だった――。

その面長の顔を見ていると、私の心に黒い霧がモヤモヤと立ちのぼっていく感覚があった。霧は猛烈な熱を持ち、まるで蒸気になったかのように頭を沸騰させた。

情報を求めてスマホでいくつかのニュースサイトを読んでいる時、温美からＬＩＮＥが来た。

『明日空いてない？』

いつでも空いてる、と返信すると、カフェに行こうという誘いがきた。メッセージを読んだもののどうしようか迷っていると、すぐに追撃が送られてくる。

『犯人も捕まったし、ちょっとくらい気持ちを切り替えないとおかしくなるよ？』

一理ある。もしこのままひとりでいたら、私はこの牧野という男へ復讐するために、ナイフを持って警察へ乗り込むかもしれない。

私は同意し、会う約束をした。

明日、久しぶりに温美に会う……そう思うと、じんわりと全身に血液が流れていくのを感じた。その温かい感覚は、本当に久しぶりだった。

翌日、マスクと帽子に伊達眼鏡まで掛けて、私は外に出た。周囲の様子をうかがいながらアパートを出たが、幸いマスコミが付け回してくることはなさそうだ。久しぶりの外の日差しに目をやられながら、私は約束のカフェまで向かった。

途中、タピオカドリンク店の前を通り掛かった。黒糖ミルクティが美味しいと、話題の店だ。いつもは行列ができているが、幸いいまはお客さんが途絶えている。

並ばずに買えそうだったので、私は思いつきでドリンクを買った。ミルクティに黒糖ソースのグラデーションができていて、可愛く、メテオ映えしそうだ。甘いものが苦手な私だが、久しぶりに色のついたものを見た気がして惹かれた。

飲む前に顔の横に置き、そのまま自撮りをする。写真を見ると、ほとんど何も食べていなかったからか、無駄な脂肪が落ちて前より可愛くなっている気がした。こんなもの、飲んでいる場合ではない。

盛れた写真を見てふつふつと、たくさんの人に見てほしいという気持ちが湧いてきた。メテオに投稿してみよう、と私は思った。深雪が亡くなってから実に一週間ぶりのことだった。

投稿すると、すぐにたくさんのいいねやコメントの通知が来るが、私はそれをあえて見ないようにしてスマホをしまい、近くのゴミ箱に口をつけていないタピオカドリンクを捨てた。

カフェに着くと、すでに温美は席に座っていた。手招きされるまま店内に入り、彼女の向かいの席へと腰をおろす。

私の顔を改めて見た温美は目を見開いた。

「あのさ、叶多……だ、大丈夫？」

「え？」

「何か痩せたっていうか、顔色がめっちゃ青白いっていうか……」

「ああ、可愛くなったでしょ。写真写りも良くなったんだよ」

「いや、ええと、何ていうか……」

温美はやや言葉を詰まらせた。どうしたんだろう。が、私が口を開く前に、

「とりあえず、何か注文しようか」

と温美が言ったので笑顔で頷いた。

……ああ、良かった。

久しぶりで、しかもあんな事件があった後だというのに普通に接してくれる温美に安堵した。

メニューを開きながら彼女は続ける。

「何にしようかなー。この時間はやっぱり甘いものかなー」

「昼、何食べたの？」

「自然食バイキングってのに行ってきたよ。ちょっと食べ過ぎちゃった。叶多は？」

「私はとくに何も……あ」

と、私はメニューの最後のページに目を奪われた。そこにはメガ盛りシリーズというギラギラした文字と、『メガ盛りハンバーグ2キロ！』『メガ盛りパンケーキ4重積み！』と表記され、それぞれページからはみ出そうなほどの写真が載せられている。

「温美、これにしようよ」

「え？　これってどっち？」

「どっちも」

「は⁉」

目を見開いて温美は声をあげる。

「叶多、そんなにお腹空いているの⁉」

「いや、全然。でも頼んでみたくて」

「えー、もしかして私がほとんど食べるパターン？　いや、べつにいいけどさ……」

「さっきね、久々にメテオ開いたんだよ。またはじめようと思って」

「あ、そういえばさっきタピオカの写真あげてたね。いいなー、あそこ、いつも行列だからなかなか買えないんだよね。美味しかった？」

「分かんない。飲む前に捨てたから」

私の言葉に温美は一瞬表情をピタリと硬直させた。が、ややあってプッと噴き出した。

「もー。真顔で冗談言わないでよー。一瞬信じちゃったじゃない」

そう言って温美は店員を呼び、メガ盛りをそれぞれひとつずつ頼んだ。店員は信じられない様子で温美と私を交互に見て、間違っていないか確認をしたが、温美はいつものように「大丈夫ですから、気にしないでください」とサラリと言ってのけた。

注文を終えた温美はふっとひと息ついて口を開く。

「犯人、捕まって良かったね」

「ああ、うん」

「すっごく異常な人だったみたいだよ。『ニュースで注目されるのがくせになって続けた。狂ってると世間に思われるほど生きてる実感がした』だってさ。本当、最低。真理子さんと深雪さんを返してほしいよ」

「うん」

「あ、ごめん。何か、いま話すことじゃなかったね」

「ううん、大丈夫」

生返事をしながら、私は店内をキョロキョロと見回した。

おしゃれではあるが、どこにでもあるレトロ調のカフェだ。白い壁に、歩道に面した大きな窓、アンティーク調のテーブルと椅子をオレンジ色の照明が店内をほのかに照らす。二〇席ほどあるテーブル席は全て埋まっていて、カップルや若い女性グループが楽しそうに談笑している。私たちのような世代にとくに人気のようだ。

ふと、私は店内の写真を撮りたくなった。スマホを取り出し、カメラを起動する。何度かシャッターを切るが、思うような写真が撮れない。

もっと賑やかな、全体の雰囲気が伝わるような写真が撮りたいのに……。

私は画面を見ながら、立ちあがり、椅子に足を掛けた。そしてそのまま椅子の上に立ち、カメラを店内に向ける。

「え？　ちょ、ちょっと叶多！　何してんの！」

「いや、メテオ用に映える写真を撮ろうと……」

「馬鹿じゃないの!?　早く降りて！」

温美だけでなく、店内の数人が怪訝な表情をしてこちらを見ていた。店員も何事かとこちらに視線を送っている。私はしぶしぶ椅子から降り、席に座った。

温美は何か言いたげな表情をしていたが、注文した料理が来るまで結局何も口を開かなかった。

そして私はメガ盛り二種の写真を撮っただけで全く手をつけず、結局温美が全て平らげた。

『叶多はメテオ用の写真が撮りたかっただけなのだ』ということを温美が察したのは、空になった二枚の皿に私が再びカメラを向けた時だった。

「叶多、あのさ」

「え？　何？」

私は温美の顔を改めて見つめる。

「……ああ、ううん。何でもない」

「何よ？　変な温美」

温美は何故か苦笑を浮かべたままだった。

その後、『消化しないとやばい』と騒ぐ温美とカラオケに入り、解散したのは夜。暗くなった繁華街で私たちは別れ、それぞれ家路を辿った。

歌ったのは本当に久しぶりだった。楽しかったが、バンドで歌う時のような高揚感を得ることはない。

カラオケにはCL⇅ROWNの『LOVE　BUZZ』も入っていて、温美にリクエストされたが流石に歌う気にはなれなかった。

私はタクシーで帰ったが、途中で気分が悪くなり、家の近くの公園で降りた。車酔いかと思い、外の空気を吸って落ち着こうと思ったのだが、あまり効果はない。早く帰って横になろうと、頭を押さえて歩きはじめたその時、じっとりとした視線を背中に感じた。不気味さを感じながらそちらのほうへと目をやる。

すると、遠くから禊太がこちらを見てニタニタと笑っていた。

人通りもなく、街灯がぽつぽつと並ぶ裏通りだった。ぼんやりとした薄明かりの下、結構な距離があるはずの彼の表情は、なぜかまるで目の前にいるように、はっきりと見て取れた。

「……え？」

どうして彼がここに？

その時。

キラリ、と何かが彼の手元で光った。それがナイフであることに気づいた瞬間、頭が混乱して体が固まってしまった。

どうしてここに禊太が？

何でナイフを？

一瞬、時が止まったように感じた。ややあって動けないままの私のほうへ、禊太がゆっくりと向かってきた。

……え？　何？

もしかして……。

――私、殺される？

根拠のない、しかし本能的な恐怖を感じた。瞬間、弾かれたように自分のアパートまで走った。走りながら振り返ると、禊太はニタニタとこちらに向かってきている。足音がカツカツと響き、すぐ背後にいるような気がしてならない。

時間にして一〇分程度だろうが、体感としては一時間にも二時間にも感じられた。がむしゃらに走っているはずなのに、ちっとも前に進んでいないような気がした。

息を切らしながらオートロックを解除し、部屋へと急いだ。エレベーターを待つのもじれったく、私は非常階段を駆けあがる。

部屋に入った瞬間、鍵とチェーンを掛けた。靴も脱がず室内に入り、足音を殺して窓に近づく。カーテンの隙間からこっそり下を見ると、禊太はこちらを見あげて不気味な笑みを浮かべている。何故か顔だけが異様に大きく見えた。

私はスマホを取り出してデュテオを開き、その光景を撮影した。そしてステップスに『ど、どうしよう！　禊太さん、頭おかしい人だったのかも！』という文章とともに投稿する。

と、その時。

ピンポーン、とインターフォンが鳴らされた。

びくり！　と体が反射的に跳ねた。私のアパートにはインターフォンが二種類ある。ひとつはアパート入口にある共用玄関から鳴らされる音で、もうひとつが部屋の前で鳴らされる音だ。

そして、いま鳴ったのは——部屋の前の音だった。

どうして？　オートロックは鳴っていない。そもそも開けていないのに！

息がピタリと止まった。ガタガタと唇を震わせながら、私はゆっくりとドアスコープに近づき、目をやった。

そこには、禊太が先ほどの表情のまま立っていた。

「誰が頭おかしいって？」

べっとりと粘りつくような声でドア越しに言いながら、再びニタニタと唇を歪めた。

何でドアの前にいるの？　何でデュテオの投稿の内容を知ってるの？

湧き出る疑問が恐怖となり襲い掛かってくる。私は足をもつれさせながらも部屋の奥へと逃げ込もうとした。

が、勢いのまま倒れてしまい、頭を思いっきり本棚にぶつけた。

「痛い！」

倒れてきた棚からバタバタバタッと本やCDが落ちてくる。

そして、ガッと何か重いものが頭にぶつかった感覚を最後に、私の意識は遠くなった。

気がつくと、カーテンから朝日が差している。私はゆっくりと目を開く。起きあがろうとすると、頭の中にズキリ、と痛みが走った。

手で押さえ、その場にへたり込む。時計を見るともう朝の八時を回っていた。意識を失ったまま眠ってしまったようだ。

しばらくそのままぼうっとした後、ゆっくりと立ちあがった。カーテンをそっと開け外をうかがってみるが、禊太の姿はなかった。念のためドアスコープに目をやる。やはりもういない。

ほっと安堵の息を吐き、私は体を壁に預けた。すぐ足元にスマホが落ちているのに気づき、拾いあげて画面を見る。

そこには、昨夜のデュテオのステップス投稿画面が表示されたままだった。

その時、ハッとした。ステップスの閲覧者だ。メテオのステップス機能では、誰がその投稿を見たのかという閲覧履歴が表示される。いわゆる足跡機能である。

アップしたステップスの閲覧履歴を見ると……温美のアカウントだけが表示されていた。つまり、私の投稿を見たのは、温美ひとりだけということになる。

……あれ？　ということは？

私は禊太を『頭おかしい人だった』と書いた。そして、その投稿内容を昨日禊太は知っていた。となると……温美が禊太に教えた、ということになるのではないか？

ぐらり、と意識が揺れる。それは昨夜頭を打って意識が飛んだのとは別の、精神的なものだった。

何か決定的に認識がずれている……自分が当たり前だと思っていたものが、そうではない残酷な現実。

目を閉じ、一度深呼吸をした。考えを整理しなければならない。

昨夜、禊太はナイフを持って私を追い掛けてきた。明確な殺意があった、と思う。

その瞬間、あるひらめきが脳裏をよぎった。

——事件はまだ終わっていない。昨夜、私が三人目の犠牲者になるところだったとしたら
……。

CL⇅ROWNメンバーを襲った一連の強姦殺人は、本当は禊太がやっていて、その禊太と温美が裏で繋がっている……？

これまで起きたことを改めて考え直してみよう。たとえば、あの整形告発の一件。

温美は、記事に載っていた写真にアクセスできる数少ないひとりだ。

じゃあ、温美がネットニュースサイトに整形のリークを……？　でも、どうして……。

ふと、私の視線がベッドの下にいった。使わない書類や細々とした荷物を詰め込んでいるその場所に、銀色の四角い鉄の箱のようなものが置いてあった。それが差し込んでくる朝日に照らされてキラリと光った。

……何だろう。

身に覚えのない私は、そっと近づいてそれを取り出してみようとした。指先にひんやりとした感覚があり、それが、頭の奥に眠っていた記憶を呼び覚ました。

——違う。私はこれを知っている。

ベッドの奥から出てきたのは、深雪に貸していたはずのビッグマフ。彼女の部屋から消え、以降行方が分からなくなっていた遺品だった。

その時、着信音が鳴って私の体はびくりと跳ねた。

スマホを見ると、温美からのようだ。私は用心しながら、電話に出た。

「……もしもし」

「おはよう。起きてた？」

「う、うん」

私は先ほど浮かんだ考えを思いきって言ってみようか迷った。が、それより先に温美が口を開いた。

「いま、家にいるの？」

「そうだよ、どうしたの？」

「お願いがあるんだけどさ、私の家の近くにある中央病院に来てくれないかな？」

「え、病院？　どうして？」

「私、昨日の夜ね、解散した後、倒れちゃったの」

「倒れた⁉　大丈夫なの？」

「うん。ちょっと考え事してて。あのさ、叶多。怒らないで聞いてほしいんだけど……」

と、ここで彼女は意味深な前置きをして口ごもった。ややあって温美は続ける。

「やっぱり電話で話すことじゃないや。いまから病院に来てくれないかな？」

「うん、もちろんだよ。すぐ出るから」

「ありがとう。いまね、そよかさんと綾さんも来てくれてるんだよ。後、爽崎刑事も一緒なんだ。

じゃあ、気をつけてね」

そう言って、電話は切られた。

そよか達はともかく、刑事も一緒？　どういうことだろう。

焦る気持ちを抑えきれず、私はアパートの玄関へと階段を駆けおりた。

運良くタクシーはすぐに捕まり、十五分ほどで病院へ着く。ＬＩＮＥで温美に病室を聞き、エレベーターへと向かった。五階で降り、いてもたってもいられず、病室へと駆け出す。

いろいろな感情が湧き立ち、心臓がいまにも破裂しそうだ。嫌な予感がぬるりと背筋を伝う。

病室のドアを開けると、個室のベッドに横たわっている温美の姿があった。その脇にこちらを振り返るそよかと綾。更に少し離れて爽崎刑事……。

ぜいぜいと息を切らしながら、私はゆっくりとベッドに歩み寄った。

「ありがとう、来てくれて」

呟くように言う彼女に、私は息を整えながら首を振った。

聞きたいことが山ほどあったが、言葉が出てこない。そよかと綾のほうを見ると、ふたりとも何か言いたげな表情をしていた。

私は爽崎刑事に目をやった。

「刑事さん、どうしてここに？　もしかして、温美も襲われたんじゃ……」

「いえ、違いますよ。実は、先日逮捕した強姦魔ですが、どうもおかしな供述をしていましてね。真理子さんと深雪さんを殺害したのも自分だと言っているのですが、彼はそれぞれの死亡推定時刻にアリバイがあったんです。つまり、このふたりを殺害した犯人は別にいる、と」

「……そうですか」

私は禊太のことを話そうか迷った。が、その前に温美が口火を切る。

「それでね、叶多……」

しばらく間があった後、温美は言った。

「本当はふたりだけの時に話したかったんだ。気を悪くしたらごめんね？」

「……うん、何？」

「あのさ、もしかして叶多が……」

と、その時。

背後のドアのほうで人の気配がした。私はバッと振り向いた。

姿は見えないが、確信があった。

「禊太だ」

「え？」

「温美、ちょ……ちょっと待ってて！」

私は病室から出た。

廊下の角を曲がる人影が見える。

反射的に足がそれを追った。

さっき全力疾走したばかりだったので、足の筋肉ががくがくと震えていたが、私はかまわず走り続けた。

その影はいくつか角を曲がり、階段を上り、そしてついに病院の屋上へと出た。

屋上に出た途端、目の前に禊太が待ちかまえていた。息ひとつ切らさず、ニタニタと黄ばんだ歯を出している。

私は肩で息をしながら、ギロリと睨んだ。

「何で、あなたがここに……」

何も答えない禊太。私は先ほどの爽崎刑事の言葉が頭をよぎった。

『ふたりを殺害した犯人は別にいる』

「ふたりを殺したのは、あなたなんでしょう！」

何も返事をしない禊太。

すると後ろから階段を駆けあがってくる足音が聞こえてきた。振り返ってみると綾と爽崎刑事だった。そしてややあって、温美とそよか。そよかの肩を借りながら、温美は苦しそうな顔をしている。

他の三人は私のほうを見て怪訝な顔をしていた。

開口一番、綾が尋ねる。

「ねえ、叶多。どうしたの？　何で屋上なんかに……？」

そよかも続く。

「そうですよ。急に走り出して……。何があったんです？」

私はそれらの言葉を無視して、禊太を指差した。

「皆聞いて！　事件の犯人が分かったの！　真理子と深雪を殺したのは、この禊太だった！　私たちをプロデュースするって言っておきながら、裏でふたりを殺してたのよ！」

目を見開くふたりに、私は続ける。

「爽崎刑事もいるし、早く逮捕してもらおう！　犯人が別にいるって聞いた時は、私たちももしかしたら襲われるかもって思ったけど……もう大丈夫だよ！」

「ちょ、ちょっと待って」

綾が言う。

「ふたりを殺したって、え？　禊太がやった？」

「そう！　この禊太よ。プロデューサーとか言いながら、裏で人を殺していたってこと。でも、もう大丈夫なの。彼が捕まればもう誰も殺されることはない……。あ！　バンドもまた再開できるんじゃないかな？　真犯人が捕まるなら、この三人でCL⇅ROWNを……」

「叶多！」

そよかが強い口調で言った。私はピタリと言葉を止める。

ややあって、そよかはゆっくりと私に尋ねた。

「……プロデューサーの禊太って、誰ですか？」

――え？

瞬間、ふっと遠くなる意識。

まるで後ろ髪を摑まれて引っ張られるように、意識が遠くなっていった。

※

――脱線事故。

父の起こした事故により、私は顔に怪我を負い、『加害者家族』として辛い毎日を余儀なくされた。母はそんな世間の目に耐えきれなくなり、事故の翌年に自ら命を絶った。瞬く間に私は家族をなくした。

その頃からである――頭の中で声がしはじめたのは。

『彼』の振るう言葉の暴力に、私の精神は磨耗していった。「あんたは地獄行きだ」「悪魔の子の分際で」「生きてる資格はない」などと、頭の中へ直接罵倒を繰り返してくるのだ。

私はあの事件のことを忘れたかった。

だが、忘れようとすればするほど、電車内での出来事がフラッシュバックし、彼が顔を出してくる。

逃げようとしても逃げられない。それでなくても顔には酷い傷跡。現実世界にも頭の中にも、私に落ち着ける場所はなかった。

――死ねば楽になる。

何度そう考えただろうか。実際、母は耐えきれなかった。私も同じ道を辿れば、この苦しみから解放されるんじゃないか……。追い詰められていた私にとって、死の救済はあまりに魅力的だった。

やがて、死ぬための具体的な方法へと思考が展開していった。

いろいろ試した。手首を切ったり、首を吊ろうとしたり、薬に頼ったり……。

それでも死ねなかった私は、ある日の深夜、近所のマンションの屋上に忍び込んだ。飛び降りるためだ。投身自殺がもっとも確実だと踏んだのだ。

だが、いざ眼下に街を見下ろした時、私の体は膝から崩れ落ちた。あんなにも私を責め立て、吊るしあげ、こきおろした人々の住む街を前にしても、身を投げることはできなかった。

あまりの度胸のなさに、自己嫌悪でどうにかなりそうだった。まともに生きるだけでなく、死ぬこともできないなんて……。

そんな時に出会ったのが、ニルヴァーナだった。彼らの音楽は、私の中の何かを変えた。

といっても、生活を変えてくれた訳ではない。ただ、自分の視点が変わったのだ。ほんの少しだけだが、救われた。心が軽くなった。

そんな微量の救いでも、私にとって何よりも偉大だった。

その影響で私はギターを持ち、歌を歌うようになった。やがて『音楽で何かを残せたら』と思うようになっていた。

だが、その夢想には大きな問題が横たわっていた。自分の醜い顔だ。この顔のまま音楽で成功できるとは、どうしても思えない。ミュージシャンとは人前に立ち、夢を与える仕事だ。紡ぎ出す楽曲だけでは、多勢の人たちを巻き込むことなんてできない。

だから十六歳の時に、母の保険金を使って二度目の整形手術をした。

やがてＣＬ⇅ＲＯＷＮを結成。だが、なかなか思ったようにいかない時期が続いた。

そして私は、ひとつの罪を犯したのだ。ＰＶの再生数工作。それにより、表面上は数字が増え、動画の見栄えは良くなった。

一時的には話題を作れた。それによって私たちを見つけてくれた人も増え、認知度もあがっていった。周りのバンドと比べても、一歩抜き出た手応えはあった。

やっと思い描いていた活動ができそうだ……そう思っていたところで、あの整形告発が起きた。

私は疑念を抱き、真理子のもとへと向かった——。

爽崎編

「禊太さん。いい加減事件の真相を話してくれ。あんたは一体、何を隠してるんだ？」

二月二日午前九時、大家叶多任意同行。

取り調べ室で向かい合った叶多――の姿をした田中禊太と名乗る人格は、勝ち誇ったように笑みを浮かべた。

「刑事さん、わたしには何もないですよ。正真正銘、神に誓って潔白です」

俺は歯をギリギリと嚙み締めながら、その表情をじっと睨んだ。

――二重人格。

実際に目の当たりにしたのはこれが初めてだった。叶多の体の中に、ふたつの人格が存在している。表の人格である叶多と、いま目の前にいる裏の人格である禊太。

にわかには信じられない事態だが、こうして目の前にするとたしかに全くの別人であることが分かる。顔や背丈、髪形は叶多と同じはずなのに、口調や声の出し方、表情や仕草がまるで別人なのだ。とても演技でできるものではない。

それに、叶多は逮捕直前まで禊太が実在すると思っていた。そして、その禊太こそが真理子と深雪を殺害した真犯人だとも主張していた。俺は彼女の言葉に事件の核心を感じていた。

だが……。

この二日間、同じやりとりを何度続けただろう。俺は我慢の限界が来ていた。タイムリミットもそこまで来ている。

だが、禊太との会話は中身のないやりとりばかりが続いていく。お互いに言葉を投げ合いながらも、何ひとつとして収穫のない時間を俺たちは過ごしていた。

――空虚。

いたずらに虚しさを募らせるだけの時間の中で、それでも俺は懸命に糸口を探していた。

何か、突破口はないのか……。

「ぼやけてるのはお前の心だ。異常者め」

俺のひと言に、禊太は眉をピクリと反応させた。

「では、いまだにわたしがこれらの殺人――人気ガールズバンドＣＬ⇅ＲＯＷＮのメンバーが殺害された事件に関与していた、という証拠が揃っていない現実は、あなたの目にはどう映っているのでしょうか？　わたしの自白に頼る以外に、罪を立証することができない現実。……直感で人は裁けません。たしかにわたしはＣＬ⇅ＲＯＷＮにプロデューサーとして関わっていました。全く売れずくすぶっていた彼女たちのあれほどの成功は、わたしがいなければ起こりえなかった。ですが、それはあくまでも職務。事件には関与していません」

「爽崎刑事」

部下が私に耳打ちをした。

「もう時間が……」

聞こえていたのか、俺の言葉を待たずして禊太はゆっくりと立ちあがると、部下の刑事とともに部屋を出ていった。俺は怒りのあまり、拳を机に振りおろす。今回は任意同行のためこれ以上の取り調べができないのだ。

――もしかしたら、この事件は未解決で終わるかもしれない。

胸に一抹の不安がよぎる。いや、不安ではなく予感といったほうが良いだろう。長年の経験から、『駄目な事件』というのはどうしても分かってしまうのである。

何しろ、ふたつの事件はどちらも強姦殺人なのだ。禊太は人格こそ男だが、体は女性。強姦することはできない。

だが、奴が真犯人で間違いないはずだ。何より、俺の勘がそう言っているのだ。

どうしようもない気持ちを抱えたまま、俺も取調室を出た。世間では早くも『ガールズバンド連続強姦殺人事件』の文字が至るところで躍っていた。


二月四日午前九時。

俺の前に現れた禊太は相変わらず不敵な笑みを浮かべていた。だが、今日は立場がちがう。彼は出頭してきたのだ。

まさか任意同行の二日後に、自首してくるなんて思ってもいなかった。

取調室に入った彼は、しばらくは沈黙を楽しむかのようにじっと押し黙って目を閉じ、肩で大きく息をしていた。

俺はその沈黙に耐えかねて口を開いた。

「改めて聞くが……。有野真理子と木栗深雪を殺害したのは田中禊太――つまり大家叶多のもうひとつの人格が起こした事件、という主張で間違いないんだな？」

「刑事さん」

禊太は俺の目を見据え、しばらく間をあけた。

「……そうです、間違いありません。あなたの考えるとおりです」

俺は彼の言葉を、どのように受け止めればいいのか分からなかった。いろいろな疑問が一気に湧き出てくる。そして少なくとも、『解決』したという喜びは全く感じていなかった。そんな俺の反応を楽しむかのように、禊太は少々からかうように言う。

「どうしました？　ひどく驚嘆しているご様子ですが。まあ、無理もないでしょう。このまま黙っていたら、わたしは証拠不十分――無罪放免で、晴れてもとの生活に戻れた訳ですから。本来ならば息を潜め、ひっそりと時が過ぎるのを待つのが賢明な判断です。そんなわたしが、誰に強制された訳でもなく、自らの意志で警察署に出向いている……罪を認めるために」

「どうして……」

「不思議に思われるでしょう。あれほど頑なに否定してきたわたしが、このような行動をとることに。これまで刑事さんは、何とか先手を打とうとしてきましたね。まるで獲物を罠に誘い込むように……。ですが、わたしは罠に掛かってここにいる訳ではありません。真実を語ろうと心を決め、胸を張って参上したのです。虚実の供述で刑事さんを振り回そうなどという考えも、もちろんありません」

ふっと息を吐いて彼は言った。

「――全ての事件の犯人は、わたしです」

禊太はゆっくりと語りはじめた。

※

これから真実をお話しいたします。ですがその前に、何故わたし――禊太という人格が存在しているのかお話ししたほうがいいでしょう。

わたしは叶多の中にある心の闇が成長し、人格化した存在です。

叶多の心の闇は、母親の裏切りにより生まれました。愛にあふれた世界から一瞬のうちに、人間不信へと引きずり込まれたのです。その、人を信じられない、という叶多の裏の側面が、私という人格を生み出しました。

その後、叶多を誹謗中傷し続けていたのが、わたし『田中禊太』という人格です。わたしと叶多は同じひとつの体に同居していますが、全くの別人です。

わたしははじめ、小さな存在でした。が、少しずつ叶多の中で占める割合が大きくなっていきます。二重人格というのは、ひとりの中にふたりの人格がある状態ですが、これは何も特別なことではないのです。人間に備わっている器は限られています。ひとりの体に、ふたり分の器は存在しません。ひとり分の容器を、ふたつの人格が分け合って使っているのです。

『加害者家族』のレッテルを貼られた叶多は、社会から除け者にされ、迫害されていきます。彼女も、自分は傷つけられても仕方のない存在なのだと思うようになっていきました。すると、人格の器の中で、叶多の存在は少しずつ小さくなっていきました。つまり、私の領域が大きくなっていったのです。

なので、自分の領域を少しでも広げるため、わたしは叶多の人格攻撃をはじめました。頭の中で彼女を罵倒することにより、その人格を更に小さくしようとしたのです。

ですが、叶多は温美と出会います。その天真爛漫な性格に次第に影響され、人を信じられない心は少しずつ回復の兆しを見せるようになりました。叶多の人格がまた、領域を増やしていきました。

わたしと叶多はそうやって、何年もお互いの領域を広げたり縮めたりして、戦ってきたのです。もっとも、叶多の人格にはその自覚はなかったようですが。

整形をし、CL⇅ROWNをはじめた時には、わたしの存在はもうかなり小さくなってきていました。とくに、彼女が歌っている時、わたしの罵声は全く届かず、歯が立ちません。手も足も出ないまま、存在が消え掛かっていたのです。

それが、叶多がCL⇅ROWNのPV再生数を水増しした時に逆転しました。この工作行為は、くすぶっている中で何とか世間に自分を認めてもらいたい、という叶多の心の闇に起因したものです。彼女の心の闇と、わたしの人格が交差した瞬間だといえます。わたしはこの隙を見逃しませんでした。人格の共鳴は、わたしが表に出るのに十分なエネルギーを持っていたのです。

ここで初めて、わたしはしっかりと表に出ることができた——つまり、人格の入れ替わりが起きたのです。

わたしの感覚が叶多の五感全てと繋がりました。

叶多がそれまで見ていた視界が、わたしの視界となります。

不思議な感覚でした。

まるで目の前の鏡の中に手を伸ばし、指先からゆっくりと入っていくような感覚。肘、肩、足と続き、ついにわたしは全身入り込むことができたのです。

ふと気づいた時、再生数工作の依頼をした画面が表示されたパソコンが目の前にありました。初めての感覚に脳が覚醒しているのが分かります。が、ものの数分で再び人格は引き戻され、叶多と入れ替わってしまいました。わたしの人格は再び、深い闇の中へと沈んでいきます。

ここでわたしは思いました。

――何とかして、彼女の人間不信を煽る方法はないだろうか？

わたしの人格の源は叶多の人間不信、そしてそこから来る自己顕示欲の肥大によるものです。それを再び叶多に背負わせることができれば、わたしの人格はより強大なものになる……。だが、彼女への人格攻撃はもう、まるで歯が立たない状態でした。先ほどのように体を借りることが少しはできるようになったものの、長くて数十秒から数分が限度です。

そこで思いついたのが、叶多の整形を告発することでした。デュテオでしかアップしていない画像を使って、バンドメンバーや温美など、彼女の自信の源となる人へ疑いが向くようにすることができれば、彼女はまた人間不信に陥るのではないか？

ご存じのとおり、この作戦は想像以上の成果をあげることができました。また、わたしは『自分がやったことで注目を浴びる』という初めての快感を得ることもできたのです。

叶多はこれまで、メテオで同じような快感を得ていたのでしょうが、わたしはこれが初の体験でした。この快感はなんというか……言葉にできないほど素晴らしいものです。自分の存在が価値のあるものだと世の中から認められ、太鼓判を押されたような気持ちになるのです。この一件によりわたしの人格が成長したことは言うまでもありません。

整形告発記事の件で、叶多の中に再び人間不信が生まれ、真理子への疑念が生まれました。これもわたしの策略どおりだったので、そう思うように人格をコントロールしました。といっても、わたしが彼女の体を乗っ取っている訳ではありません。ただ、ちょっと薪をくべただけです。人は少々煽るだけで不安になるものです。その不安を解消するために簡単に誰かを犯人に仕立てていく……そういうものなのです。

どういう訳か、人を疑うことは、他のどんなことよりも簡単なのです。人を信じることは、何よりも難しいというのに……。

叶多は勢いのままに真理子の家を訪れます。が、もちろん空振りに終わります。彼女は無実なのですから。ですが、叶多の中の疑心が晴れるわけではありません。彼女の中で、真理子に対する疑いと同時に、ある感情がどんどん肥大していきました。

それは、憎しみです。

整形告発記事により受けた誹謗中傷は、叶多をこれまで加害者家族として傷つけてきた悪意を彷彿とさせるものだったのです。これまで彼女は深く傷ついてきた。やがて痛みを麻痺させる方法を覚え、傷ついていないふりをしてやり過ごしてきましたが、本心は違います。
——自分を傷つける人たちなんて、死んでしまえばいい。

打ちのめされた人が抱く憎しみとして、これほど自然なものはありません。叶多の中に、ほんの一瞬、その思いがよぎったのです。

わたしがそれを鋭く嗅ぎ取った瞬間、また人格が入れ替わりました。叶多の体を手にした私は真理子の家を出て、歩きながら考えました。そして近くの公園に座った瞬間、ある思いが浮かびます。

真理子が死ねば、また整形記事の時のように世間の注目を集められるのではないか……？

その夢想を現実にするのに、躊躇はありませんでした。

わたしは叶多に体を返し、真理子を殺害する計画を立てました。わたしが首謀して殺害をし、なおかつ疑いを掛けられないようにするためには——ダークウェブがぴったりでした。

刑事さんなら聞いたことはあるでしょう。

一般の人が普段使っている検索エンジンやSNS、ウェブサイト等のサービスは、インターネットのほんの一部分——いわゆる表の面に過ぎません。

もっと深い所……普通にはアクセスできないネットの裏の部分を、ダークウェブといいます。

そこでは、麻薬の売買や偽造クレジットカードの取引、児童ポルノのやりとりなど、およそ思いつく限りの倫理に反するありとあらゆるものが取り扱われているのです。——もちろん、匿名で。

わたしは叶多のパソコンを使い、セキュリティを解除してダークウェブにアクセスすると、殺人代行者を公募しました。指定した人物を殺してくれれば、報酬を支払うというものです。強姦してくれれば額を更に弾む、とも。

依頼はすぐに成立し、真理子はいつの間にか死んでいました。希望者はひとりじゃありませんでしたよ？　数人の中から選ばせてもらいました。

それが、真理子殺害の真相です。値は張りましたが、叶多の母親が残した保険金から捻出しました。

真犯人ですか？　わたしにも分かりませんねえ。それがダークウェブですから。

もちろん、わたしが表に出て活動している間、叶多の記憶は欠如していますので、この一連の計画を彼女は知りません。まさか自分が整形告発記事を書き、真理子殺害の首謀者でもあったなどと、夢にも思っていないでしょうね。

叶多はその時も、それ以降も普段どおりの生活を続けていましたよ。アリバイもありましたし、何より強姦殺人ですから。女性である彼女が捜査線上から外れるのは当然の流れでした。

それからというもの、わたしは度々、叶多の体を借りるようになりました。基本的には叶多の眠っている時に活動していましたので、彼女は睡眠不足に悩んでいたようです。

……そう睨まないでくださいよ、刑事さん。わたしだって必死だったのです。

人格のみの存在であるわたしにとって、『忘れられて消えること』は死を意味します。叶多が温美と出会い、バンドを組み、歌を歌い……そのたびに、わたしの存在は危うくなり、死がちらつきました。もうあんな不安を感じたくない。

やがて、叶多の中でもっとも重要度の高いバンドをコントロールできれば、自分の存在が確固たるものになるのではと考えました。バンドのプロデューサーになることを思いついたのはわたしなりの生存戦略だったのです。メールアドレスを取得し、彼女のアドレスに送信しました。別のメールソフトを使えば、同じパソコンでも通知は来ません。一台のパソコンを通じて、私と叶多はやり取りをしていた訳です。

そうしていくうちにこちらの人格が強固になり、ある程度自由に、彼女と意識を入れ替えることができるようになっていました。バンドミーティングの時がその典型ですね。

木栗深雪殺害の時もダークウェブを利用しましたよ。彼女を殺害することにより、わたしの人格は更に強靭になっていきました。

——深雪の部屋からなくなっていたビッグマフですか？　あれは殺害依頼ついでに持ってきてもらうよう言いつけておりました。

たしか、叶多が貸していたものだったはずです。部屋のものを持ってきてもらえたら、殺害したという確認にもなりますし……何よりあのままだと、警察に押収されて戻ってこないのがオチでしょう？　私は自分が損をしたり、搾取されたり奪われるのがとにかく嫌なのです。貸したままで返ってこないのは、私にとっても損ですから。

依頼者にビッグマフを指定のコインロッカーに入れてもらうよう指示し、後日回収する算段でした。あの事件の後、家の前に取材陣が殺到していてなかなか出られず、温美と最後に会ったあの日までずれ込む形となってしまいましたが……。その時にわたしたちの中で混乱が生じて、叶多はわたしの幻覚を見たのかもしれませんね。

いつしか、叶多は現実世界にわたしの幻を見るようになっていました。それはきっとわたしの存在が叶多にとって必要不可欠になっていったから、といえるでしょう。そしていまもこうして長い時間、爽崎刑事と対峙してお話ができている。明らかにわたしの人格ははっきりしてきています。

刑事さん。

以上が、ふたつの殺人事件の真実です。

全ての殺人を犯したのは——首謀したのはわたし、田中禊太でございます。

罪の意識？

そんなもの微塵もありません。自分の存在意義のために行った行為ですから。もしも行動を起こしていなければ、もしかしたらわたしの人格はとっくに消えていたかもしれませんし……。そういう意味では正当防衛ともいえると思います。

第一、手を汚していない。殺人を犯した実感が湧かない、というのが本当のところかもしれないですね。

……えーと、これは結局のところ、死刑ということになるのでしょうか？　それとも終身刑？　その場合、誰がその刑を受けるのでしょうか？

わたしと叶多の体は同じな訳ですから、叶多は無実で、禊太は死刑とでも？　それとも、この体を殺して叶多もろとも禊太の人格もなくすのか。

ひとつの体に、ふたつの人格……。

表のアカウントと裏のアカウント。

表のネット世界と裏のダークウェブ。

世界には、いつも、どちらも共存している訳です。どちらか一方のみ、ということはありえません。

そう考えると、メテオラリーとデュテオラリーのように、人格を入れ替えて犯罪を行ったわたしたちは、現代の若者らしいきわめて最先端の犯罪を犯したのではないか……。

ひとりの人間の中には、たくさんの『自分』があります。

仕事をしている時の自分、友人と遊んでいる時の自分、恋をしている時の自分、家にひとりでいる時の自分……。

しかし、どの『自分』であっても根源にある人の欲望は何も変わらないのです。

ただインターネットによって、裏の欲望までも目に見えやすくなっただけなのです。

楽しみですね。私が自首したことが明るみに出れば、ただでさえ話題をさらった『CL⇅RO WN連続強姦殺人事件』に更に華を添えるでしょう。

何といってもボーカルが殺人犯で、かつ二重人格であり、その別人格が犯人だったのですから。

わたしの存在は社会に認知され、どんどん肥大化していくでしょうね。

わたしはいつまでも人の注目を浴びたい——たとえ人を殺してでも。人に見られ、存在を認められてはじめて、わたしはわたしでいられるのです。

ですがＳＮＳが普及したいま、わたしのように考える人は、きっと少なくはないでしょう。

この世の中で、わたしと叶多だけが、特例で、異端であると、どうしていえるでしょうか？

――どんな手段を使ってでも注目されたい。

それは、本当にわたしだけが抱く、異端な感情なのでしょうか？

誰もが皆、一度は思うのではないですか？

そう思いませんか？

……ねえ、刑事さん。

※

『二月四日午前十一時三十分、ＣＬ⇅ＲＯＷＮボーカル大家叶多逮捕』

衝撃的な事件の結末は、センセーショナルに報じられた。

『多重人格者による連続殺人』『バンド成功のために奪われた命』『サイコパスなバンドリーダーに振り回された少女たちの悲劇』など……。

世間を賑わすワードの数々に、マスコミはここぞとばかりに湧いた。発表した楽曲のひとつが一時期世界的流行になったこともあり、事件の真相は世界中へと流れていった。

だが、俺はこの騒ぎをどこか他人事のように感じていた。自分が担当したヤマだったが、実感が湧かない。

そういえば、禊太に尾行され、襲われかけたと、叶多が取り調べの時に言っていたことをふと思い出す。

彼女の中で禊太の存在が増し、幻覚になって見えていたという。ナイフを持った禊太に追われたが、何とか自室に戻ってきたと言っていた。

「窓から彼の姿を撮った」とも言っていたので、メテオのステップスを調べたが、街灯がポツンと写されているだけだった。

彼女の目は、禊太のどんな姿をそこに見出していたのだろう。

『たしかに撮ったはずなのに、何も写っていない写真』

それはまさに、事件は解決したはずなのに実感がない、俺の心をそのまま表しているようにも思えた。

俺はモヤモヤした気持ちのまま月末を迎えた。いまも昼過ぎだというのにどんよりとした冬空の下、聞き込み調査のために駆けずり回っている。すでに別の殺人事件を担当しているのだ。

叶多の一件が頭から離れないのは事実だが、社会は俺の気持ちの整理がつくまで待ってくれるはずもない。次から次へと発生する事件に追われ、そして犯人を追わねばならない。警察は追う側の人間なのか、それとも追われる側の人間なのか……時々分からなくなる。

これまでいろいろな事件に関わってきた。

麻薬にハマり子供を殴り殺したシングルマザーの看護婦、スマホゲームに課金する金のために両親を刺した女子中学生、新人賞選考に落ちた逆恨みで編集長宅に火を放った中年男性……。

人を凶行へ駆り立てる動機はさまざまだ。

一つひとつに情を入れ込んでいては心がもたない。同情できる事件もあれば理解に苦しむ事件もあったが、俺は全ての犯人に対して、いつもできるだけ俯瞰して接するようにしていた。

だが、どういう訳か叶多の一件は妙に感情を囚われ、べっとりと胸に張りついたままなのだ。

どうして……。

理由が分からず、自問自答すると、彼女の行動にひとつ不可解なものがあったことを思い出した。それが引っ掛かっているのだ。

それは、病院の屋上での一件があった直後の取り調べで起きた。

シラを切り通す禊太と、禊太がやったと言い張る叶多……ころころと変わるふたりの人格と供述……。その中で、叶多の人格の時、たまたま話が父親に及んだ。

「叶多さん。あなたはご両親をあまり良くは思っていないようだが……。少なくともお父さんは、生真面目な人だったんじゃないか？」

言いながら、俺は叶多の父親の写真を取り出し、机に置いた。

「これは俺の印象だが……写真や表に出ていた情報を知る限り、実直で裏のない人に思えるんだ。職場でも悪く言っていた人はいなかった。家の中ではどうだったんだい？」

その言葉に、叶多の目が一瞬泳いだ。そして、ボソボソと口を開いた。

「……あの夜、お母さんがホテルから出てきて……男の人と……〝仕事の話をしてただけ〟って言ってて……」

「それで？」

「それで、帰ってきて……。私がお父さんに〝あんなの嘘に決まってる〟って言って……そしたら……」

「そしたら？」

「えっと……お父さんが何か言ったような……」

と、その時。叶多は頭を抱えて苦しみだしたのだ。

「痛い！　痛いよ……！」

「ど、どうした!?」

椅子から倒れ落ちそうになる叶多に、俺が手を貸そうとした瞬間、バッと彼女の体が再びもとの位置に戻った。――禊太の人格になったのだ。

「全く。何を言い出すのかと思ったら……。気にしないでください、刑事さん。今回の事件とは関係ないですから」

そして再び、シラを切る禊太とのやりとりに終始したのだった。

時間に追われて切羽詰まっていたからか、いまのいままで叶多の行動は忘れていたのだが……。

――あの時、叶多は何を言おうとしていたんだ？

俺の思考は降って湧いた疑問に持っていかれた。

居心地の悪い違和感は徐々に頭の中で広がっていき、ついには目の前の聞き込みにも意識がいかなくなってくる。

俺は捜査を早々に切りあげ、スマホを手に取った。そして、CL⇅ROWNの残りのメンバーについて検索した。

ベース担当の加賀綾と、作曲キーボード担当の苑田そよか……ふたりはいま、どうしているのだろうか。

情報はすぐに見つかった。

それぞれ別々に音楽活動を続けているようだ。流行の曲や誰もが知っているお馴染みのナンバーを室内で演奏し、動画にしてＹｏｕＴｕｂｅにアップしていた。

強姦魔の牧野が逮捕された翌日にチャンネルを開設していて、まだ一ヶ月ちょっとしか経っていないにもかかわらず、綾がチャンネル登録者数八万人、そよかが四万人と、好評を博している。

実際に投稿された動画を見てみると、人気の理由はすぐ分かった。

綾はボディラインが強調されている服装で演奏をしていたのだ。豊満な胸の谷間をベーストラップで更に強調していて、時折わざとらしく胸を揺らしたり色っぽく汗を拭ったりしている。コメント欄は興奮を抑えきれない男性ファンと軽蔑の目を向ける女性アンチとがぶつかり合い、異様な熱気に包まれていた。

そよかはそよかで『クラシックピアニストがヘビーメタルを弾いてみた』など、自身の培った高等テクニックを武器に、視聴者を楽しませる動画を投稿していた。最新動画は『ストリートピアノでSpotify上位一位から五〇曲全部弾く』というもので、二〇〇分間ノンストップで路上演奏する姿は、音楽ファンの間で話題になっていた。

俺はまずはそよかに連絡をし、翌日に会う約束を取りつけた。もしかしたら、何か知っているかもしれない。

――でも、知っていたとして、どうする？

――叶多が話そうとしていた昔の思い出が、今更何になる？

次々と出てくるいたって冷静な判断や合理的な意見を、俺は無理やり頭の隅に押しやった。

ただ、何かに無性に突き動かされる。刑事の血がふつふつと湧き立つ。

そしてそれは全身を駆け回り、強烈な予感となって俺に語り掛けてきたのだった。

「事件はまだ終わっていないのだ」と。


翌日の夜、俺はそよかの指定した渋谷のスタジオへと車を走らせた。そこはCL⇅ROWNがいつも練習していたスタジオで、今日はたまたま綾とセッションする約束をしていたらしく、話の流れで三人で食事をすることになったのだ。

スタジオの前に車を止めるのと同時に、ふたりが出てきた。俺は慌てて運転席から飛び出す。

「そよかさん、綾さん。こっちです」

声を掛けると、ふたりはペコリと頭をさげて駆け寄ってきた。俺の車を見たそよかが開口一番言った。

「わ！　ブルーバード六一〇じゃないですか！　凄い！」

「え？　そよか、知ってるの？」

「綾こそ、何で知らないんですか。七〇年代の名車ですよ！　刑事さん、渋いですね」

「え？　まあ、なんていうか……」

金のない時に父親が乗っていたものを譲ってもらっただけ、という事実を俺はすんでのところで飲み込んだ。

楽器をトランクに入れ、ウキウキした様子のそよかと、泥舟に乗せられたような険しい表情の綾を後部座席に乗せて、自分の知っている中のトップクラスの中華料理屋へ連れていく。

予約していた個室に入り、席につく直前に俺は上着の内ポケットの財布を改めて確認した。その時、そよかとチラリと目が合った。俺の動きがおかしかったのか、口に手を当てて微笑んだ。

「刑事さん。いつもこんな所に来てるの？」

尊敬というより驚愕の表情を浮かべて、綾は俺に尋ねた。

気を利かせてくれたのだろう、俺が何かを言う前にそよかが、

「ここ、とても有名なお店です。中華なのにシェフがアメリカ人なんですよ」

と話題を逸らした。若い娘の機転に助けられるとは……身分不相応を思い知らされ、無性に情けない気分になる。

「え、そうなの!?」

露骨に驚く綾にそよかは続けた。

「ええ。中華料理にハマりすぎて、カバンひとつで中国へ修行に行ったそうです」

「そよか、よく知ってるね……」

俺も綾と全く同じ意見だった。この店は昔からおいしいと有名で、食べにきたことこそないものの、よく店の前を通ってはいた。だが、シェフがアメリカ人だなんて、全く知らなかった。

とりあえず適当なコースを注文する。前菜を待つ間、そよかが、

「アメリカはやっぱり、切っても切り離せないですね」

と呟く。意味深な言葉に俺が首を捻っていると、綾があっと思い出した様子で、

「そっか！　ニルヴァーナもアメリカだ！」

と手を叩いた。

ニルヴァーナ……叶多が音楽をはじめるきっかけとなったバンドだ。もし、彼女がそのバンドを知らなければ、もしかしたら今頃、真理子も深雪も……。

「刑事さん」

強い口調でそよかが言った。思わず背筋が伸びる。

「刑事さんは、叶多を残虐な殺人者だと思っていますか？」

その質問に俺は面食らった。一瞬考え、ここは正直に言うべきだと思った。

「……そう言いきれない部分がある」

彼女の中に眠る記憶……それがどうも気掛かりなのだ。それに、父親の事故についても腑に落ちない点があった。

「……そうですか」

俺の目をじっと見据えたそよかだったが、やがてふっと息をついた。

「それで、今日はどんなご用件で？」

「あ、ええと……」

落ち着き払ったそよかの態度に、逆にこちらが物怖じしてしまった。俺は続ける。

「叶多さんの過去について、気になることがありまして……。電車事故が起きた日の直前の記憶を思い出そうとすると、彼女は急に苦しみだすんです」

「それはその……叶多のお母様がホテルから出てきたという……？」

「はい。厳密に言うと、そこまでは大丈夫なのですが、帰ってきてから父親と何か話したみたいで……。その部分を思い出そうとすると、頭を押さえて痛がりだすのです」

「なるほど。となると、お父様との最後の会話ということになりますね」

うーん、と唸るそよか。綾が言った。

「それが事件に何か関係あるの？」

「いや、分からないんですが……ちょっと引っ掛かってまして……」

「ふーん。刑事さん、神経質なんだね」

「え？　あ、ああ」

生返事をする俺に、そよかが言った。

「そういえば……叶多、何か大事なことを忘れてる気がするって、結成してすぐの時に言ってたような気がします」

「大事なことを忘れてる？」

「はい。ＣＬ⇅ＲＯＷＮの『Ｅｒｒｏｒｍｉｎｄ』って曲、ご存じですか？」

「ああ、たしか最初の頃によくやってたっていう……」

「そうです。私たちが初めて作った曲でもあるんですけど……。その歌詞を書き終えた時期に、ぼそっと呟いてたんです」

「……なるほど」

――大事なことを忘れてる。

そういえば、『Ｅｒｒｏｒｍｉｎｄ』は心中をテーマにした曲と聞いたことがある。ネット界隈では叶多が、父親との一件を書いた曲ともいわれていた。

詞を書く際に父親とのことを思い出しながら書いたものの、最後の会話だけ思い出せなかった……そんなことがあってもおかしくない。

「もしかして、この写真と関係がありますか？」

俺はスマホを取り出し、叶多の写真――整形告発記事に使われた、叶多の整形前の比較画像をふたりに見せた。

俺は続ける。

「この画像も腑に落ちないのです。そもそも、整形の事実は隠しておきたいことですよね？　それならどうして、叶多はこの画像を前もって消しておかなかったのでしょう？　普通なら、整形してすぐにでも消してしまいたくなるものではないでしょうか？」

「ああ、それは……」

そよかは一瞬、言葉にするのを躊躇するような仕草を見せたが、ややあって口を開いた。

「きっと、私たちのことを本当に信じてた——両親のいない叶多は、CL⇅ROWNのメンバーを家族のように思っていたからだと思うんです。刑事さんは、整形前の写真を見てどう思いますか？」

「えっと……どう、というのは？」

「もとの叶多って、そんなに醜い顔に見えますか？」

そよかは続ける。

「叶多はべつに、普通に可愛かったと思うんです。怪我した後はまだしも、治した後は全然普通の女の子です。少なくとも、更に整形をしようとまで思う顔にはとても思えません。もしかしたら、叶多も心のどこかで、以前の自分を認めてほしかったんじゃないかって思うんです。私たちがしっかり言葉にしてあげていれば、こんなことには……」

「そよかさん、そう考えるのはやめましょう。あなたに責任はない」

流れる雰囲気が一気に暗くなる。

そうだ、と俺は無理やり話を変えた。

「いま、おふたりは、それぞれ音楽活動をしていますよね？」

「はい。しかも綾は私の倍以上の人気です」

「うわあ、そよかったら嫌みったらしい。胸ないのがそんなにコンプレックスなの？」

からかうように言う綾を、そよかは鬼の形相で睨みつけた。俺は続ける。

「おふたりとも凄いですよ。しっかり結果を出してるんですから。でも、どうして今日はふたりでスタジオに？　コラボレーション企画を考えてるとか？」

「いえ、違います。CL⇅ROWNをまたやりたいなと思ってるんです」

「え!?　CL⇅ROWNを!?」

俺は仰天した。予想外の答えだった。次々と湧き出る疑問が口をついて出てくる。

「だって、もうメンバーはふたりだけじゃないですか。それに、世間の目も非常に厳しい。それなのにどうして。やるにしても、別のバンドとしてやり直したほうが賢明だと思いますが……何か、CL⇅ROWNにこだわらないとマイナスになることがあるんですか？」

「マイナス、ですか？」

「ほら、例えば、CL⇅ROWNで今後も発生する収益を残しておきたい、とか」

その言葉に、そよかは苦笑いを浮かべた。

「刑事さん、叶多から聞いてないんですか？」

「え？　何を？」

「私たち、このバンドの売り上げは最初から一円も受け取ってないんですよ」

「……は？」

どういうことなのだろう。もしかして、全て叶多のポケットマネーに？

そんな俺の気持ちを察してか、そよかは言った。

「これまでのCL⇅ROWNの収益は全て、匿名で、ある基金へ送っているんです」

「ある基金、とは？」

「脱線事故の遺族のための基金です」

あ、と俺は思わず声をあげた。

ややあって、そよかは言った。

「これは、叶多がバンドをはじめた大きな理由のひとつでした。たったひとり残された加害者家族として、何か力になれることはないか……。出会った時の叶多はそれをずっと考えていました。あの電車には、何百人という人が乗っていました。通勤通学の時間帯で、一家の大黒柱が命を落とした、という家庭も多かったんです。そういう人たちを何とかして救うには、やはりたくさんのお金が必要……それで、行きついたのが音楽で成功して大金を稼ぎ、賠償を続けることでした。それが、叶多の考えだったのです。私たちも、叶多を知るにつれて賛同し、それを応援しようとバンドをはじめました」

綾も続く。

「もともとただの大学生だったし、お金を稼ぎたいっていう思いもそんなになかった。だから、私たちがこっそり儲けたいとか、そんな考えでCL⇅ROWNはやらない」

驚いた。

彼女たちの計画は、俺の浅はかな器で測れるものではなかったのだ。信じられない、という表情をしていたのだろう。そよかは俺の感情を汲み取ったように言った。

「刑事さん。そもそもなんですけどね……。バンドをやるって損とか得とか、プラスマイナスじゃないんです。私たちメンバーは家族と一緒で、打算で繋がってはいません。バンドって、魔法なんですよ。それぞれに唯一無二の音があるんです。その魔法に魅入られたら最後。もう普通の人生は無理なんです」

綾も続く。

「そう、不思議なんだけどね。ただふたりでセッションするのと、CL⇅ROWNとしてのふたりでセッションするのとでは、音が全然違うんだよね。何でだろう、自分でも分かんないなあ」

首を傾げながら笑う綾の両肩を、そよかはじゃれるように揉んだ。

そうやってバンドの話をしているふたりの眼差しは、この世界にあるどんなものよりも美しく見えた。そして、俺はいま初めて、ここまで叶多に固執してしまう理由に気づけた気がした。

――叶多もまた、彼女たちと全く同じ、美しい目をしていたのだ。

食事を済ませ、店を出る頃にはもう夜の九時を回っていた。十分な収穫があったと思いながら、俺は満足そうな表情を浮かべるふたりを送っていくため、コインパーキングへ向かった。

と、俺の車の前に立つ人影に気づいた。その男の名前を、そよかが驚いた様子で呟く。

「……平塚さん?」

声に気づいたのか、平塚という男はこちらをゆっくりと振り返り、ぐにゃりと唇を歪ませる。

平塚……叶多に執拗につきまとっていたという週刊誌の記者か。

「爽崎刑事。こんなのに乗ってるんですか？　金がない訳じゃないでしょうに」

俺はその言葉を無視して、鍵を取り出して車のロックを解除しようとした。が、その手を押さえて平塚が続ける。

「叶多は有罪ですよ。もう終わりです」

俺は平塚を見た。その顔は先ほどよりも更に醜く綻んでいた。

「いま、精神鑑定の結果が出て、刑事責任能力はあると判断されたようです。検察側は死刑を求刑することで方針を固めているとのことです。まあ、情状酌量の余地は……」

「平塚」

俺は彼の言葉を遮った。

「デカい仕事しないか？」

「……デカい仕事？」

怪訝な顔をする彼に俺は言った。胸の内に確信していることがあった。

「叶多の父が起こした脱線事故……原因は神経衰弱による運転時の操作ミスとなっているが、違うかもしれない」

「違う、というと？」

「車両自体に問題があった可能性がある。先月、アイルランドで同じような脱線事故が起きた。それで気づいた。その車両は日本の大手車両メーカーが製造していて――叶多の父親が運転していたものと同一の型式だ」

その言葉に、平塚の目がギラリと光った。

「つまり、鉄道会社が車両の不備を隠蔽している、と？　でもどうして？」

「その車両メーカーは、警察官僚ＯＢの優良天下り先として有名だ」

「爽崎刑事」

鼻息を荒くして平塚は言った。

「どうしてそんな情報を私に？　条件は？」

「べつに条件なんてないさ。ただ、いまのところ裏が取れてない」

「それを取るのが私の仕事だ。事実なら世の中がひっくり返るぞ。会社も警察ＯＢも地獄行き
……震えてきましたよ。こうしちゃおれん。とりあえずヨーロッパに行って現地を……」

「後ひとつ、良い話がある」

俺は後ろのふたりにチラリと目をやり、続けた。

「ＣＬ⇅ＲＯＷＮの収益は、脱線事故の被害者家族に寄付されている」

その言葉を、平塚は鼻で笑った。

「その〝良い話〟を記事にしろと？　それが条件？」

「いや、条件というほどじゃない」

「つまらない話です。そんなのじゃ記事にはならない」

「……まあ、あなたならそう言うだろうな」

「爽崎刑事。人をやたらと信用してはいけませんよ。それなら最初から交換条件にしたら良かったんですから。全く、お人好しなのか馬鹿なのか」

「君がそれを守るような男には見えないが？」

俺の言葉に、平塚はニヤリと目を細めた。

「……なるほど、刑事の勘はあるようですね」

※

——二年後。

二〇二二年一月十一日。

東京地方裁判所にて初公判が執り行われた。一般傍聴席四十八席に対して一万人以上の傍聴希望者が殺到し、倍率は二〇〇倍を超えた。事件への注目度を改めて思い知らされる出来事だった。

二〇二〇年三月に大家叶多は起訴され、四ヶ月後の七月に公判前整理手続きが行われたのだが、そこで弁護側が二度目の精神鑑定を要求した。その希望はとおり、叶多はおよそ一年掛けて精神鑑定を受けることになったのだった。だが、結果は一度目と同じく、『刑事責任能力あり』というものだった。

裁判が進むにつれ、叶多の立場はどんどん危うくなっていった。平塚が言っていた「死刑求刑」というのが、日に日に現実味を帯びていく。

平塚からはあの日以降、音沙汰はない。俺のリークした記事どころか、これまでやってきたような芸能人のスクープなどの記事にも関わっていないようだった。足を洗ったのか、とも思ったがそんなタマではないだろう。あの性格で他業種の仕事が務まるとも思えない。殺されて音信不通になったというほうがまだ自然だ。

俺は連日報道される裁判の様子を、指をくわえて見ることしかできなかった。無力な立場がこんなにもじれったく、もどかしいということを、この歳になって初めて知った。

同月二十七日には被告人質問が開始された。検察の「あなたは今回の事件に罪悪感を覚えていますか？」という質問に「それが羨望の的になれるものなら」と答えたことで、再び世間から批判の声があがり、『禊太劇場』と称されるようになっていた。同時に、叶多への批判の声も高まった。

だが、俺はこのやりとりを見て、あることに気づいた。それは、禊太の人格がこの二年間で、叶多の中のかなりの部分を占めてきているということだった。

——もしかして。

禊太はこの事件を利用して、叶多の社会的立場を失わせたいのではないだろうか……。

何故？　決まっている。

——叶多の人格を消し、その体を自分だけのものにしたいからだ。

禊太と叶多の人格は、長い間その器の中で陣地争いが続いていたという。

もし、このまま刑が確定し、叶多の居場所が実社会になくなってしまったら？

褉太の人格は叶多の人格が弱くなればなるほど表に出る。叶多は社会から拒絶され、存在理由を失う。その結果、褉太の人格に体ごと乗っ取られてしまう……。

その時、俺の中でパズルがピタリとはまった。

褉太がどうして自ら出頭してきたのかが、ようやく分かった。

——この状況を作るためだったのだ。

そしてその野望達成は、もう目前に迫っている。

すでに裁判では叶多の人格が出てくることはほとんどなく、褉太が出ずっぱりである。

この状況を少しでも好転させるには、叶多に対する世間からの同情が必要だ。だが、褉太の発言が報道されればされるほど、それは難しくなる。

打破する方法は……やはり平塚にリークした情報が報道されるしかない。俺は平塚に電話をしてみたが、反応はなかった。

そうしている間にも、どんどん裁判は続いていく。

二月七日の公判では、弁護側から叶多の人格への質問が行われた。

『罪を犯したのは田中褉太であり、大家叶多にその意思はなく、情状酌量の余地がある』としたい弁護士は彼女に対して「褉太の計画について、あなたは何か知っていましたか？」との質問を投げた。事前に打ち合わせしていたであろう、叶多からの「知りませんでした」という返事を引き出すためだ。

だが叶多は——せっかくその時は人格が叶多だったにもかかわらず——その質問には答えず、

小さな声で「お父さんが……あの時……」とボソボソと呟くだけだった。目の焦点は合っておらず、ぼんやりとしていて会話を続けられる様子のなかった彼女は、結局弁護側に有利な証言もできないまま、またとないチャンスを失った。

そして二月十七日に検察側から死刑求刑、十八日に結審し、もう後は判決を待つだけとなってしまった。

間に合わなかった……。

俺は絶望の中、過熱し続ける報道をぼんやりと眺めていたのだった。


三月十四日。

判決公判で叶多は何とか死刑判決を免れ、懲役三〇年を言い渡された。裁判所から拘置所に移送される姿はネットでも拡散された。三年にわたり世の中を大いに騒がせた事件がようやく終わりを迎えた……と誰もが思っていた。

が、三日後の早朝。

誰も予想していなかった出来事が起きた。

『CL⇅ROWN事件の真実　天下り警察OBの責任をとらされた少女』という動画が突如YouTubeに投稿されたのだ。

そこでは、叶多の父親が起こした脱線事故の本当の原因と隠蔽された証拠、そしてCL⇅ROWNの収益の行方が語られており、『天下り先の会社に責任がいかないように、罪のない家族が犠牲になった』と結ばれていた。

投稿したのはフリーになった平塚だった。連絡を取ると、すぐに電話が繋がった。彼はようやく一仕事終えたというように、ゆったりとした口調で言った。

「いやあ、爽崎刑事。大変でしたよ。裁判中に報道しようとしたんですがね。圧力が掛かっちゃいまして……。思いきって会社を辞めて発表してやりましたよ。私も今日から〝ユーチューバー〟ってやつです」

俺はこのことを伝えるべく、すぐさま叶多のいる拘置所へとブルーバードを走らせた。

午後一時、面会室のガラス越しに向かい合った叶多——の姿をした禊太は、俺を見た瞬間にふんっ、と鼻で嘲笑った。

「どうしたんです、今更こんな所に……。もう事件は終わったでしょう」

俺はその目をじっと見据えて口を開いた。

「叶多、俺が分かるか？　爽崎だ。君の事件を担当した刑事だ。覚えているだろう。いまから言うことをよく聞いてくれ」

「これは……何の真似です？」

戸惑う禊太を無視して俺は続けた。

「君の父親は、故意に事故を起こしたんでも無理心中しようとしたんでもない。本当の原因は車両の輪重比の狂いだったんだ。通常、電車の車輪に掛かる重量は一定じゃなきゃいけないが、あの電車には偏りがあった。あの日は、車体が傾いている状態で走っていたんだ。そのままカーブを曲がろうとすると、遠心力が異常に掛かってしまい、脱線事故を起こしてしまう」

「おい、急に何の話を……」

「電車自体の不良だったんだよ！　あの事故は！　それが今日まで隠蔽されていた。関わった鉄道会社の幹部と警察ＯＢももうすぐ任意同行されるだろう。今夜にでも記者会見が開かれる。車両の問題なら、むしろ運転士である君のお父さんは、乗客を守ろうとして最後までコントロールしようとしていたヒーローのはずだ。良かったな、お父さんの汚名は晴らされるんだ！」

その瞬間、禊太の頭はぐらりと揺れ、そのままドスンと、上半身を机の上に突っ伏した。

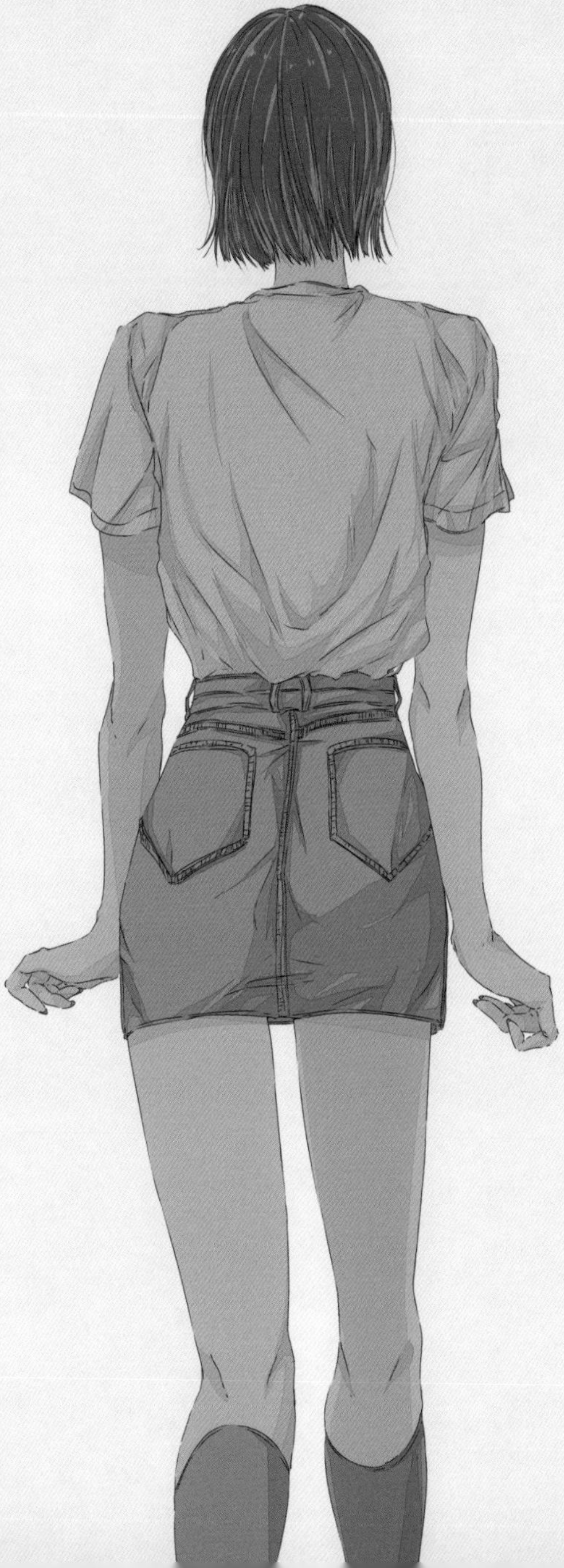

叶多編

※

母親とスーツ姿の男がホテルから出てきたあの夜……。

帰ってきた私たちは無言のまま過ごしていたが、夜、私はぽつりと父に言ったのだった。

「ねえ、お母さんのあれ……不倫してたってことだよね？」

黙り込む父に私は続けた。

「どうしてお父さんは怒らないの？　あの時、ちゃんと問い詰めなかったの？　あの男の人、何なの？」

「…………」

「ねえ、黙ってないで何とか言ってよ！　お父さんの弱虫！」

どんどん口調が荒くなる私の目を見て、父は口を開いた。

「叶多」

「……何よ」

「お母さんは何て言ってたか、覚えてるかい？」

「……仕事の打ち合わせって言ってたけど……」

「じゃあ、きっとそうなんだよ」

「そんな訳ないじゃん！　嘘に決まってるでしょ！　馬鹿じゃないの！」

大声で喚き立てる私の肩にそっと手をやり、父は言う。

「叶多。僕はお母さんを信じてるんだよ」

「でも、だって……」

「お母さんが仕事の打ち合わせって言ったなら、きっとそうなんだ。だから、叶多もお母さんを信じなさい」

「…………」

何も言い返せない私に、父は言った。

「叶多、よく聞きなさい。人を信じるっていうのはね、本当に強い人にしかできないんだよ」

「…………」

私が押し黙っていると、父はそっと私を抱きしめた。私の体を優しく包み、父は続けた。

「何があっても、家族で乗り越えていこうな」

その言葉を聞いた瞬間、私の強張っていた心は急速に解けていった。そして、私は返事をするかわりに、父の背中に両手を回し、ぎゅっと力を入れた。顔は見えなかったが、私に抱き返された父は、笑っているような気がした。

※

バッ、と視界が変わった。

三六〇度全てが真っ黒に染まった場所に、私は立っていた。足元を見ると、そこにも何もない闇がずっと続いている。

と、その時。

目の前に人影が現れた。

その影の輪郭は次第にはっきりとし、やがて見覚えのある姿へと変わった。

――禊太。

こちらをニタニタと見つめる彼に、私は言った。

「ずっと思い出せなかった、お父さんとの最後の会話、やっと思い出せた」

「………」

「ずっと、あなたが隠してたのね」

彼は頷きもせずまだ笑みを浮かべている。

私は続けた。

「何故なら、もし私がお父さんとの最後の会話を覚えていたら、あなたは私の中に存在できないから。あなたは私の、人を疑う心から生まれた人格……。人を傷つけて、追い詰めて、蹴落とすことであなたは存在できる。そうやって他人を思いやれないのは、その人自身が弱いから。だけど、私はもう、あなたになんて負けない！」

グキャキャキャ！　と、禊太は腹を抱えて笑った。

「おいおい、何を言ってる？　わたしはお前の不満から生まれたんだ。誰も相手にしてくれない、

誰も自分を人として扱ってくれない……。人に認められたいというお前の欲望こそが俺なのだ。自分の正義を世に知らしめるためには人を傷つけるし、注目を集められるなら殺しも厭わない。これを異常だと、本当にお前に言えるのか？　言えないだろう。わたしをなきものにすることなんてできない。お前が生きている限り、な」

「…………」

悔しいが、痛いほど分かる……。

何も言い返せない。改めて禊太の存在が自分の欲望の成れの果てだと痛感させられた。

が……。

その時ふと、禊太の向こうに父の姿が浮かんだ。私のほうを見て、昔と同じ表情で優しく微笑んでいる。

その笑顔は、疑いや欺瞞、罵倒などといった人間のネガティブな感情とはまるで遠いところに存在していて、真っ直ぐな笑顔を浮かべていた。これまで存在を軽んじられたことなどない人がするように。

「……あ」

違う！

私は、父が惨めな思いをしたことを知っている。他の男に妻を取られ……自尊心を傷つけられても、それでもなお、母を信じようとし、屈託ない笑顔を私に見せてくれた。

いろいろなことがあったいまだから分かる。

父は、本当は誰よりも強い人だった。
たとえ自分がみっともない姿になっても、家族を信じ、必死で守ろうとした。
自分のためじゃなく、誰かのために……私と母のために生きようとした人。
やっと分かった。
父は、弱虫なんかじゃなかった。
私、本当はあんな風に、強い人間になりたかったんだ。
私は父の目を見て、はっきりと言った。
「――あなたのおかげで、私は人を信じていくことができそうです」
ふと気づくと、そこにいたはずの禊太の姿は跡形もなく消えていた。
そして、私を囲んでいた真っ暗な闇が少しずつ明けていった。

「CL⇅ROWNでまた活動するって、どういうこと？　そよかと綾の、ふたりでやるってこと？」

「何を言ってるんですか。叶多にももちろん参加してもらいますよ」

呆れるように言うそよかに、私は疑問をぶつけた。

「え？　私がバンド活動？　何言ってるのよ、無理に決まってるじゃん。私、刑務所の中にいるんだよ？　そんなことできる訳が……」

「そう。だから、いまの状態で叶多に参加してもらうにはどうしたらいいかなって、三人で話し合ったんです」

そよかは温美に目配せをしてから続ける。

「叶多のCL⇅ROWNでの役割は、作詞と歌です。まず、作詞は今後、手紙でやってもらいます。叶多が書いた詞を刑務所内から手紙で送ってもらって、それに合わせて曲を作ったり、逆に作ったメロディに言葉をはめ込む形で楽曲制作をしていきます。これなら、今後もCL⇅ROWNの詞を叶多に任せることができます」

「ま、まあそれはそうだけど……でも肝心の歌が……」

「それも大丈夫」

綾が自信満々に言った。

「叶多、合成音声って知ってる？」

「え？　ごうせい……何それ？」

「あらかじめ声のサンプルを抽出しておいて、曲に合わせて歌声をパソコンで作り出すの。ほら、それを使ったキャラが一時期流行ったりしたでしょう？」

「ああ、分かるかも」

そういえば、機械が歌っているような曲を耳にした覚えがある。

そよかも続けて言った。

「実は音声合成ツールというのが、ネットではフリーソフトとして流通しているんです。なので、素材の声さえあれば、誰でも簡単に作ることができるんですよ。叶多の歌は、ひとまず合成音声を使っていこうと思っています」

「合成音声……でも、肝心の素材がないと作れないんじゃない？」

「大丈夫です。これまでの叶多の歌を録音した音源やライブ音源、練習中の録音などたくさんあります。そこから使わせてもらいました。ただ、それでも少し足りなかったので……」

「そこで私が登場、って訳」

と、温美が勝ち誇った表情で言った。え、と眉をひそめる私に彼女は続ける。

「いままでメテオに投稿した動画があったでしょう？　それだけじゃなく、昔からふたりで撮った動画がたくさんあったから、その音声を使ったんだよ。歴代の携帯を全部引っ張りだしてきて、片っ端から集めたんだ。凄いんだよ？　歌声、本当に叶多の声にそっくりに聞こえるの！」

興奮する温美に、そよかが続く。

「もちろん、本物には敵いませんよ。あくまでもこれは機械音。叶多が出所してくるまでの辛抱です」

「私が……出所するまで？」

「はい。私たちは叶多が刑期を終えるまで、ずっと待ってます」

彼女の言葉に、私は慌てた。

「え？　待ってるって……三〇年だよ!?　長すぎるよ！　CL⇅ROWNに拘らなくても、ふたりでそれぞれ音楽やればいいでしょ、うまいんだから！」

「実は、それはやってるんです。いま、私は五〇万人のフォロワーがいます。綾はもっと凄くて、一〇〇万人」

「え？　じゃあ、もうそれで――」

「実はね、叶多」

私の言葉を温美が遮った。

「綾さんとそよかさんにはね、言わなくていいって言われたんだけど……今回の事件があって、ふたりはCL⇅ROWNのメンバーだってことで苦労してきたんだよ。そよかさんはクラシックの演奏会に出させてもらえなくなったし、綾さんは内定もらってたけど取り消しになったの」

「……え」

知らなかった。だが、少し考えれば分かることだった。最近は名前を検索すれば、すぐにその人の情報が出てくる。企業はもちろん調べるだろうし、演奏会だって私の事件があれば客からのクレームに直結するだろう。

私のせいだ……。私のせいで、ふたりの人生まで……。

でも、何て言えばいいのか分からない。加害者家族として虐げられてきた私だからこそ、彼女たちの辛さが分かる。だからこそ言葉が出てこない。

だが、そんな私を見て、綾はふっと笑った。

「まあ、終わったことだからどうでもいいよ、そんなこと。私は困ってないよ、自分のチャンネルの収入があるから生活できてるもん」

「私も同じです。堅苦しいクラシックの世界より、いまのほうがずっと性に合ってます。それより……」

そよかが続ける。

「今日は叶多にCL⇅ROWN再開に協力してもらうために来たんです」

「協力……」

「はい。協力というか、強制ですけどね。プランとしては一ヶ月後……来月の今日、再始動の新曲をあげようと思ってます」

来月の今日？　それって……。

「叶多、覚えてます？　実はこの日は――」

「CL⇅ROWN初ライブの日……だよね？」

私の言葉に、三人はふっと笑みを浮かべた。

私は続ける。

「でも本当にいいの？　三〇年後ってことは私たちは五十一歳……ぅわあ、五十一歳だよ？　もう終わってるよ……」

私の言葉に綾は呆れて言った。

「はー？　バカ言わないでよ。まだ始まってもないわよ」

「そうですよ。私の好きなフジコ・ヘミングは六十代後半でブレイクですよ？　五十一歳なんて、まだまだ下積みです」

そう言ってそよかは立ちあがった。

「そろそろ時間ですね。じゃあ、新しい歌詞待ってますから。今月中には送ってくださいね。それじゃ」

「あ、あの……！」

私は声をあげて引き留めた。そして、立ちあがって深く頭をさげる。

「本当にごめんなさい。こんなにCL⇅ROWNのことを考えてくれてたなんて、知らなかった。私、ずっと皆に見捨てられるんじゃないかって、いつも不安だったの。いまだけじゃない。バンドやりはじめた時から、もしかしたら辞めるって言われるかもとか、私の事情に付き合わせてしまってるって思うと心苦しくて、なんかずっと不安で……」

「あのさ」

綾が呆れたようにため息をついた。

「叶多って自分の歌声が大きすぎるから、私たちの音ちゃんと聞けてなかったでしょ？」

「……え？」

「私たち、半端な音なんて一音も出してないよ」

そう言って綾は笑った。

そよかも続く。

「とりあえず、叶多の課題は周りの音を聴けるようになっておくことですね。ちゃんと直してきてください」

「あ、もちろん声を衰えさせちゃ駄目だからね？　三〇年もあるんだから、無駄にしちゃ駄目だよー。それじゃあね」

サッと出ていく綾を追って、そよかと温美も面会室を去る。

賑やかだった面会室が、あっという間に静まりかえった。しんとした空気の中、私は目を閉じた。

心臓が高鳴っているのを感じる。深呼吸しても、彼女たちの持ち込んだ熱量は私の胸を騒がせたままだった。

思えば、もう何年も音楽には触れられていない。

だけど、皆で奏でていた音がもたらす高揚……、爆音と狂乱の中に飛び込む感覚……、感情の限界を次々と突破する快感……その全ては、私の細胞に深く刻まれている。

……声が衰えるだって？

そんなこと、絶対ありえない。

私は立ちあがった。
気持ちがふつふつと湧き立つ。足先から頭のてっぺんまで、熱い血が上っていく。居ても立ってもいられず、私は目を閉じた。そして、すっと鼻から息を吸い、その場で歌い出した。

Ｎｅｖｅｒｍｉｎｄ　あなたがそこにいた
どうして生まれたんだっけ？
そうだ　笑いたかったんだ
誰かのために生きる
できるのかな　そんなこと

目を閉じると、歌声が狭い面会室に反響するのをビシビシと感じる。跳ね返った音の塊が私の全身にぶつかり、豊かな響きとなって再び部屋中に放たれていく。

Ｎｅｖｅｒｍｉｎｄ　あなたを失った
あれからあなたには会ってない
ただ　あなたにさよならを告げる方法は
いまだに分かっていない

はっ、と気づくと、目の前で立ち合いの女性刑務官が驚いたような表情を浮かべていた。体を硬直させて、身がまえるような格好をしている。

急に歌い出したのだから、おかしくなったと思われたに違いない。私もどうしていいか分からず、刑務官と目を合わせたまたビタリと静止してしまった。

……は、恥ずかしい！

どうやら、自分の想像にしばらく没入していたようだった。久しぶりに歌って熱くなった喉が、私の意識を余計に現実へと引き戻した。

だがそれでも、心の炎がまだまだ燃えたぎっていくのをひしひしと感じる。

――そよかと綾、そして温美。

あんなことがあっても、私を信じてくれている。

私も、人を信じて生きよう。

〝表の私と裏の私〟。

禊太は、『自分さえ良ければ良い』という、私の裏側にある汚い欲望だった。

人を蔑ろにしてでも自分が幸せになりたいという気持ちが、私の中のどこかにあった。

いまの私は違う。

誰かのために、この命を燃やしたい。

私の歌でひとりでも救われる人がいるなら、もう私は自分がどう見られたってかまわない。

刑務官のほうを改めて見た。

四十歳過ぎの彼女は私の歌に目を丸くしていたが、やがて娘を見るような柔和な目になり、パチパチパチと拍手をくれた。

思えば、CL⇅ROWNの『LOVE　BUZZ』がヒットしてからもう四年が経っている。刑務官は私の起こした事件のことは知っているが、CL⇅ROWNの曲は知らないかもしれない。

――彼女の瞳の中に、私はどう映っているのだろうか。

そう考えると、余計にバツが悪くなり、照れ笑いをしながら頭を掻いた。

ややあって、私はふっとひと息ついて言った。

「あの……実は私、こう見えて歌手なんですよ」

その言葉に、呆れたような表情を浮かべて女性刑務官は言ったのだった。

「あなた、歌手にしか見えないわよ」

装幀　bookwall
装画・挿画　najuco

白鳥あずさ（はくあ・あずさ）
二〇二二年、本作にてデビュー。

フェイク・インフルエンサー

2021年10月4日　第1刷発行

著　者　白鳥あずさ
発行者　千葉　均
発行所　株式会社ポプラ社
〒一〇二―八五一九
東京都千代田区麹町四―二―六
一般書ホームページ　www.webasta.jp
組版・校閲　株式会社鷗来堂
印刷・製本　中央精版印刷株式会社

N.D.C.913 335p 19cm ISBN 978-4-591-17075-5

P8008347